读懂
家风家训
曾国藩

黄刚桥·著

中国文史出版社
CHINA CULTURAL AND HISTORICAL PRESS

图书在版编目（CIP）数据

读懂曾国藩家风家训 / 黄刚桥著 . -- 北京 ： 中国
文史出版社，2025. 1. -- ISBN 978-7-5205-5137-3

Ⅰ . I267

中国国家版本馆 CIP 数据核字第 20250J6V11 号

责任编辑：张春霞

出版发行：中国文史出版社

社　　址：北京市海淀区西八里庄路 69 号院　邮编：100142

电　　话：010-81136606　81136602　81136603（发行部）

传　　真：010-81136655

印　　装：北京地大彩印有限公司

经　　销：全国新华书店

开　　本：787mm×1092mm　1/16

印　　张：16

字　　数：166 千字

版　　次：2025 年 6 月第 1 版

印　　次：2025 年 6 月第 1 次印刷

定　　价：59.80 元

序
解读曾国藩家风家训里的奥秘

　　曾国藩，谥号文正，是中国近代史上著名的政治家、军事家和战略家，位居晚清中兴名臣之首，也是湘军的创立者与统帅。如果说孔子是儒家的第一位精神领袖，那么曾国藩则是封建社会儒家最后一位精神偶像。

　　我国古代一般从立德、立功、立言这三个角度对一个人进行综合评价。作为中国历史上的"半个圣人""千古一完人"，曾国藩在立德、立功、立言方面样样出色。他的成功留给世人一个启示：普通人通过自己的努力可以跨越阶层，成为人上人。通过学习《曾国藩家风》《挺经》等著作，我对曾国藩传奇的人生经历和其家族的家风文化有了一定的认识和理解。我认为，读懂曾国藩的家风家训至少可以获取四个方面的家庭"养分"。

　　一是孝悌和家的家庭"养分"。曾国藩主张从小培养子女孝顺、友爱等良好品德，以帮助他们成为一个有责任感、有担当的人。"宝货用之有尽，忠孝享之无穷""兄弟和，虽穷氓小户必兴；兄弟不和，虽世家宦族必败"……曾国藩的孝悌和家的理念对于现代家庭来说意义重大。可以说，孝悌是家庭和睦的基石。曾国藩强调孝悌和家，实际上是在强调培养一种良好家风的重要性，这种家风不仅有助于家庭成员的个人成长，还能对后代产生深远的影响，使家族文化得以传承和发扬。孝悌和家的理念强调家庭成员之间的相互关爱和支持。在现代社会中，家庭成员往往面临着平衡亲情与欲望的压力和考验，而孝悌和家的理念能够增强家庭成员之间的凝聚力和向心力，使家庭成员共同面对困难，共同迎接挑战，共同分享喜悦。作为历史上的杰出人物，曾国藩的孝悌和家理念为现代家庭树立了道德榜样，值得现代家庭学习传扬，并转化为实际行动。

二是修身齐家的家庭"养分"。曾国藩曾写信告诉家人："凡人做一事，便须全副精神注在此一事，首尾不懈，不可见异思迁，做这样，想那样，坐这山，望那山。人而无恒，终身一无所成。坚其志，苦其心，劳其力，事无大小，必有所成……"可见曾国藩对于修身齐家的重视。在当今社会，曾国藩修身齐家的智慧仍然值得我们学习借鉴。

修身齐家并不是空洞的。曾国藩强调修身，主要是注重个人品德的培养，现代家庭可以借鉴这一点，注重孩子的道德教育，帮助他们树立正确的价值观和人生观。齐家则是指管理好家庭，使家庭成员之间和睦相处，现代家庭可以学习曾国藩的齐家之道，通过有效的沟通和理解，建立和谐的家庭关系，为孩子的成长提供良好的家庭环境。曾国藩的修身齐家理念还强调家庭成员的责任感，现代家庭可以引导孩子树立对家庭、对社会、对自我的责任感，培养他们的担当精神。

三是耕读传家的家庭"养分"。书海里，有远比现实中更生动的风景。曾国藩十分重视耕读传家，他在家书中写道："盖士人读书，第一要有志，第二要有识，第三要有恒。有志则断不甘为下流；有识则知学问无尽，不敢以一得自足，如河伯之观海，如井蛙之窥天，皆无识者也；有恒则断无不成之事。此三者缺一不可。"这是曾国藩在读书治学方面对后世子孙的谆谆告诫。曾国藩的读书"三有"启示我们：读书越多，世界越大。读书也许不能直接给你带来成功，但会让你离梦想近一点，更近一点。

曾国藩是一个终身学习的典范，他强调，读书是一件需要长久坚持的事情，这一理念在现代同样适用。随着社会的快速发展和知识的不断更新，终身读书已经成为一种必然趋势。现代家庭应该鼓励孩子树立终身学习的意识，不断提升自己的知识和技能水平，以适应变化和发展的社会。曾国藩的耕读理念不仅注重对书本知识的学习，还强调实践和创新。他认为，人只有通过实践才能将书本知识转化为实际能力。现代家庭应该鼓励孩子探索、创新，将所学知识应用到实践中去，不断提升孩子的实践能力和创新能力。

曾国藩的耕读传家理念是对中国传统文化的一种继承和发扬。现代家庭应该注重传承优秀传统文化和家风，让孩子了解并尊重自己的文化传统，同时将这些优良传统和家风融入日常生活，形成独特的家庭氛围和文化底蕴。

四是勤俭持家的家庭"养分"。关于勤俭持家,《曾国藩家书》里有很多经典名句,如"家俭则兴,人勤则健;能勤能俭,永不贫贱""天可补,海可填,南山可移。日月既往,不可复追。莫问收获,但问耕耘"……如今,曾国藩勤俭持家的家风家训已成为不少普通家庭追崇的治家兴家理念和标尺。对于现代家庭来说,勤俭持家不仅是一种生活方式,更是一种品德修养,它有助于家庭成员形成自律、坚忍的良好品质,对于一个家庭的兴盛起着重要作用。培养良好的勤俭习惯还能够提高家庭资源的利用率,减少浪费。通过勤俭持家,家庭可以更好地管理财务,避免过度消费和债务问题,增强家庭的财务稳定性,让家庭更和谐、更美满!

家风无语,传承有声。总之,如何读懂曾国藩家风家训没有标准答案,但有一点可以肯定的是,只要你去深读精读,并付诸实践,就一定会有启发、有收获!希望我的这本书能帮助大家洞悉家庭兴盛的奥秘,找到幸福家庭的"密码"!

目 录

第一辑 孝悌和家

孝道的本质 / 003

好家风孕育好家庭 / 010

手足情深 / 016

人间最美是孝悌 / 021

孝是一种修身 / 027

孝的真谛 / 033

兄弟情 / 037

"八本三致祥"之悟 / 043

孝友之家最长久 / 048

低调之美 / 051

第二辑 修身齐家

恒心的力量 / 057

活在当下 / 062

忠诚之光 / 068

日记里的启示 / 072

笨功夫也是硬功夫 / 077

让自己成为"发光体" / 086

从贫穷委屈中站起来 / 091

顺境逆境都是人生 / 097

大处着眼，小处下手 / 107

意志与成就 / 110

第三辑

耕读传家

读书"三有",大器可成 / 119

读书是成功的敲门砖 / 130

心灵最好的疗愈是读书 / 137

读书的境界 / 144

做个真正的读书人 / 149

书以明智 / 156

读书与气质 / 162

读书是写作的"密码"/ 167

一边读书,一边修为 / 173

读书的光芒 / 179

第四辑
勤俭持家

勤俭，不变的家风 / 187

养心与修身 / 195

好习惯，成就好孩子 / 199

天道酬勤 / 206

勤俭无小事 / 211

写给时间 / 217

勤奋的日子会发光 / 223

勤俭与谦卑 / 227

人生"三戒" / 233

不问收获，但问耕耘 / 237

后记 / 241

第一辑

孝悌和家

宝货用之有尽，忠孝享之无穷。

———曾国藩

孝道的本质

近来，一条暖心视频火爆网络，我看后深受感动。视频讲述的故事发生在鄂北广水市一小镇居民家，故事的主人公名叫杨敦海，62岁，他和妻子靠着微薄的工资把三个儿女都培养成了大学生，目前儿女们都有了自己的事业和幸福的家庭。这些年来，儿女们一直想着该以怎样的方式来报答父母的恩情。不久前，儿女们通过一个仪式完成了对父母爱的表达。

2024年7月，杨敦海在浙江某学校任教的小女儿杨皓琳得知父亲即将退休，受不久前学校给几名退休教师举办的一场庄重的退休仪式启发，她想为父亲举行一场家庭式的退休仪式。有了这个想法后她立即跟姐姐、哥哥商量，希望得到他们的支持。哥哥和姐姐非常赞同杨皓琳的想法，但由于他们两人都在外地工作，没时间为父亲的退休仪式出力，于是他们将这件事全权交给妹妹来办。转眼到了暑假，杨皓琳带着丈夫和女儿从浙江回到广水老家，悄悄地为父亲的退休仪式做着精心准备。等杨敦海的大女儿8月中旬赶回家后，姐妹二人和嫂子一起给父亲举行了这场欢快热闹的退休仪式。仪式上，杨皓琳担任主持人，回顾爸爸勤劳的大半生，姐姐全程记录，孙子送奖杯，孙女献花，外孙子、外孙女给外公外婆送红包，事先毫不知情的杨敦海夫妻被儿孙们的孝心感动得热泪盈眶。这一过程杨皓琳也悄悄用视频记录了下来，并传到了网上，令她没想到的是，这条视频迅速火爆网络。

视频走红后，不少记者专程上门采访，杨皓琳在接受记者采访时说："为了使父亲的退休仪式更有仪式感，我先定做了横幅；然后定制了可乐，上面写的是'老杨退休快乐'，还定制了礼品、奖杯。视频是我放暑假回老家后悄悄地把家里多年的相册拿出来一张一张地翻拍到手机上的，很有纪念意义。"视频发布后获得了近 1000 万网友关注，20 多万网友点赞！我想，这条视频火爆网络的背后闪耀的是中华民族孝道文化的光芒，是天下儿女对父母恩情的情感认同。

俗话说："百善孝为先。"孝是中华民族的优良传统美德，传承至今。"孝"字最早出现在商代的甲骨文卜辞中，《说文解字》云："孝，善事父母者。从老省，从子，子承老也。"由此可见，"孝"字是"老"字和"子"字的省合，寓意为老人在上携子女以长大，子女跪地给老人以养终。其实，古代就有了"忠孝仁义"之说，古人对孝道的重视也有许多范例，比如被誉为"千古完人"的曾国藩就极为注重孝道文化，他曾说："宝货用之有尽，忠孝享之无穷。"这句话的意思是，物质财富是有限的，终有一天会耗尽，而忠诚和孝道美德却能够让我们受益无穷。

在曾国藩看来，孝比读书求取功名更加重要。他曾在给诸弟的信中写道："我在京寓，食膏粱而衣锦绣，竟不能效半点孙子之职；妻、子皆安坐享用，不能分母亲之劳。每一念及，不觉汗下。"这段话的意思是说，我在京城的家中吃着珍馐美味，穿着锦衣华服，竟然不能尽半点子孙应尽的责任；妻和子在家里安坐享受，不能分担母亲的辛劳。每次想起这些，我就觉得很愧疚。

关于孝道，华夏第一圣人孔子说："孝悌也者，其为仁之本与。"孔子的弟子有若也说："君子务本，本立而道生。孝弟（悌）也者，其为仁之本与。"曾国藩深受孔学影响，十分看重孝悌在齐家中的意义和作用，强调只有孝悌，才能使家庭和睦、兴旺发达。咸丰四年（1854）八月，曾国藩致诸弟信中说："凡一家之中……'和'字能守得几分，未有不兴；不和，未有不败者。"他认为，孝悌比耕读更重要，即耕读之家能延续五六代，而孝友之家则可绵延十代八代。曾国藩自己终身躬行孝悌，是孝悌的楷模。

孝敬长辈是中华民族传统美德的重要组成部分。在孝方面，曾国藩对祖父母、父母极其恭敬孝顺。他始终以很低的姿态给长辈写信，常常盛赞其德其行，时时嘘寒问暖，经常禀报商议家事，恳请兄弟子侄尽孝尽责。当长辈稍有病恙，曾国藩便表露出深切的担忧，他说："祖父大人之病，日见日甚如此，为子孙者远隔数千里外，此心何能稍置。"当母亲病故时，曾国藩更是哀痛不已，深深自责。咸丰二年（1852）七月，曾国藩给其子纪泽的信中说："余德不修，无实学而有虚名，自知当有祸变，惧之久矣。不谓天不陨灭我身，而反灾及我母。回思吾平日隐慝大罪，不可胜数，一闻此信，无地自容。"

在悌的方面，曾国藩对弟弟姊妹们关爱备至，真正做到了"长兄如父"。曾国藩有弟弟四人，其家书的精华在于与弟书及训子书，尤其是与弟书，数量之多、内容之丰富超过训子书。曾国藩在大量写给诸弟信中所充溢的兄弟之情，令人深为感动，这不仅体现其望弟成才的苦心，而且体现其崇高的道德风范。曾国藩对弟弟姊妹们的关心是全方位的，既有生活上的关心，又有读书上的关心，还有做人上的关心。在生活上，曾国藩在道光二十九年（1849）三月致诸弟信中说："予尚有寄兰姊、蕙妹及四位弟妇江绸棉外褂各一件，仿照去年寄呈母亲、叔母之样。"在做人上，当得知四弟以在家塾不利于读书而想外出时，曾国藩在道光二十二年（1842）十月致诸弟信中劝诫说："苟能发奋自立，则家塾可读书，即旷野之地、热闹之场亦可读书，负薪牧豕，皆可读书；苟不能发奋自立，则家塾不宜读书，即清净之乡、神仙之境皆不能读书。何必择地？何必择时？但自问立志之真不真耳！"难能可贵的是，尽管在教育关心诸弟上付出了极大努力，曾国藩仍自责自己未尽全力。他在道光二十二年九月致诸弟信中说："予生平于伦常中，惟兄弟一伦抱愧尤深。盖父亲以其所知者尽以教我，而我不能以吾所知者尽教诸弟，是不孝之大者也。"

正是由于曾国藩恪守忠孝之道，才使得其兄弟子侄在长期的宦海浮沉中相互照应、荣辱与共，并能在家国大义面前保持清醒的头脑，从而保证了家族的长远发展。对国家，曾国藩可谓尽职尽责、尽心尽力，把国家之事当作自己的事来对待。他曾说："凡办公事，须视如己事。将来为国为民，亦宜处处视如一家一身之图，方能亲切。"

　　"孝"源于心，"爱"生于情，孝是先辈传承下来的宝贵精神财富，是家庭美满幸福的基石。鸦有反哺之义，羊有跪乳之恩。孝敬父母是我们做人的根本。写到这里，我想起东汉时期的大孝子黄香的孝道故事。黄香小时候，家中生活很艰苦。在他9岁时，母亲就去世了。黄香非常悲伤。他本就非常孝顺，在母亲生病期间，小黄香一直不离左右，守护在母亲的病床前，母亲去世后，他对父亲更加关心、照顾，尽量让父亲少操心。冬夜里，天气特别寒冷。那时，农户家里又没有任何取暖的设备，确实很难入睡。读书时，他感到特别冷，捧着书卷的手一会儿就冰凉冰凉的了。他想，这么冷的天气，父亲一定很冷，他老人家白天干了一天的活儿，晚上还不能好好地睡觉。想到这里，小黄香心里很不安。为让父亲少挨冷受冻，他读完书便悄悄走进父亲的房里，给他铺好被，然后脱了衣服，钻进父亲的被窝里，用自己的体温，暖热了冰冷的被窝之后，才招呼父亲睡下。黄香用自己的孝敬之心，暖了父亲的心。黄香温席的故事就这样传开了，街坊邻居人人夸奖。

　　关于孝道，从古至今，从伟人到平民百姓，许多人已经给我们做出了榜样。记得我在某地当记者的时候采访过一个孝老爱亲的道德模范，她的故事至今想来仍令我十分感动。她的名字叫王何林，是鄂北殷店镇公路管理站一名普通的养护工。她脚下的养护路也是她的行孝路。王何林的养父曾经参与了这条公路的建设，并当了一辈子养护工。也是在这条路上，养父捡回了出生三天就被亲生父母遗弃的王何林。养父母将她抱回家后当宝贝一样精心养育着。由于从小受到养父的影响，长大后王何林也成了一名养护工，养护的还是这条路。正当他们一家人的生活越来越好的时候，命运却和他们开了个玩笑。2010年8月，养父因为心脏病住进了医院，后来又被诊断为胃癌晚期。而养母因承受不了打击突然中风，命虽然保住了，半边身子却瘫痪了。

当时王何林感到天都塌下来了！没有兄弟姐妹，没有亲戚，仅有的一点积蓄也花光了。攥着手里的住院催款单，看着病床上昏迷的养父，医生劝她放弃。王何林坚定地对医生说："我的命是养父母给的，再苦再累我都不会放弃！"后来，在领导和同事们的帮助下，她凑齐了住院费，开始了从家到市区医院的奔波。从家到医院的路，就是他们父女共同养护的路。养父住院的整整6个月，181天，她在这条路上来回走了2万多公里。曾经见证他们一家三口幸福生活的路也成了她尽孝的路！王何林心想，只要能让养父活着，再长再艰难的路她都能走下去。可是，由于养父病情突然恶化，不久便撒手人寰。王何林永远也忘不了养父临终前对她说的一句话："我走后，你要努力养好路，照顾好母亲。"

养父不在了，养母还在，公路还在，她要带着瘫痪的养母去养路。为了兼顾工作，她背着养母住进了单位的职工宿舍，每天早上五点起床给瘫痪在床的养母穿上衣服、抱上轮椅、清理好口腔卫生和梳洗后，迅速准备早餐，然后细心地喂养母吃下，这才安心去上班。下班后，她立即赶回养母身边，给她换尿裤、做按摩、排痰、喂饭、喂药等，经常忙到深夜。这样的日子王何林整整坚持了十五年，如今养母成了她全部的精神寄托。为了全身心地照顾好养母，她至今仍然单身。十五年过去了，她守护的这条路已经旧貌换新颜，路边增设了停车港湾和观景台，修建了"文明驿站"，她也光荣地成了殷店镇一名孝老爱亲志愿者。在孝老爱亲志愿服务活动中，她用自己的实际行动践行着孝老爱亲的高尚品德，让孝心成为世间最美的风景。

人间最美是孝心，孝心本质是感恩。孝心是一道人生试题，答案全部写在行孝的路上；孝心是一场倒计时的爱，我们不要把爱熬成等待。

好家风孕育好家庭

提起"家风"这个话题，我便想起一些陈年旧事。几年前，受某市市委党校邀请，让我围绕"好家风孕育好家庭"这一主题给党校的年轻学员们进行集中授课。说实话，"家风"这个话题很宽泛，如同空气一般无处不在。讲清家风与家庭的关系，对我而言确实是个挑战。

为了讲好这一课，我开始阅读大量家风方面的书籍。从阅读中，我第一次知道了家风的由来。原来，"家风"一词最早见于西晋文学家潘岳的作品中。西晋文学家夏侯湛将《诗经》中有目无文的六笙诗补缀以成《周诗》，并给潘岳看。潘岳认为，这些诗篇不仅温文尔雅，而且可以看到孝悌的本性。为与友人唱和，潘岳写作了《家风诗》，自述家族风尚："绾发绾发，发亦鬈止。日祗日祗，敬亦慎止。靡专靡有，受之父母。鸣鹤匪和，析薪弗荷。隐忧孔疚，我堂靡构。义方既训，家道颖颖。岂敢荒宁，一日三省。"在该诗中，作者并没有具体描述自家家世，而是通过歌颂祖德、称赞自己的家族传统以自我勉励。

《家风诗》给我留下最深刻印象的是"义方既训，家道颖颖"这八个字。这八个字的意思是说，家里家风已定，家规严明，家人就会得到正确道理的教导，家道则能兴旺发达。读完《家风诗》后，我特意回了趟老家，问年迈的父亲："咱家有家规吗？都有哪些家规？"父亲面对我突然的发问，思索了一会儿，然后从床底下的储物箱里翻出一个带布纹封面的笔记本对我说："咱家的家规全在这里。当初你的太爷爷是咱村的私塾先生，老人家在世的时候专门整理了几十条家规，我全部抄在笔记本上了。其中最重要的一条是：贤德善良，宽容待人。"说到这里，父亲满脸骄傲。

　　父亲还告诉我，太爷爷在村里是为数不多"喝过墨水"的人，为了让后人记住家规，老人家用心良苦，在给几个孙子取名时还专门用到了"贤、德、善、良"这几个字。其实，我真正明白"贤德善良，宽容待人"这条家规的含义，缘于在部队时的一次探亲。当时我在西藏当兵，由于回老家没有直达车，途中需要由火车转乘汽车。那年冬天，我从拉萨乘坐了两天两夜的火车后直奔某城市汽车站去购买当天的汽车票，由于旅途劳顿，在排队买票的过程中，我的脑袋一直处于晕晕乎乎的状态。就在我掏钱包购票时，突然发现外衣口袋被人用刀片划破了，钱包消失得无影无踪，里面还有一千元钱也没了，这可是我所有的路费。我仔细检查了衣服上的破口，意识到自己在旅途中遭遇了小偷。尽管我在部队培养出了极高的警觉性，但无奈小偷的手法太过狡猾，竟在我昏沉时用刀片划破我的衣袋，悄无声息地盗走了我的钱财。

　　正感到手足无措的时候，我突然接到了汽车站一名警察的电话。警察问我是不是刚刚遇到了小偷，我慌慌张张地回答："是的，警察同志，我的钱包被人偷了，里面还有一千元钱，对了，还有一张照片。"此时，我才意识到警察为什么这么快联系到了我，因为照片背面有我的手机号，这张照片是准备留着相亲时用的，如果相亲时遇到了中意的姑娘，我就把照片送给她做纪念。哈，这是我的一点小聪明，真没想到这张照片会被小偷偷走，更没想到这张照片发挥了这么大的作用，这么快让小偷现了原形。

我感到好奇的是，小偷怎么会这么快被警察逮住呢？在车站警务室我找到了答案。原来，车站内各个角落都装有监控探头，警察也是跟着探头迅速将小偷捉拿归案的。在警务室，警察将小偷偷我钱包的视频进行了回放，我想这也算是对我进行安全教育吧。在视频中，我发现那个小偷在偷到钱后迅速来到一个小男孩身边，小男孩身上的衣服很脏很破旧，我奇怪地问警察同志："这小男孩是小偷的儿子吗？"警察回答"是"，并用手指向警务室里屋坐在椅子上的小男孩，我发现小男孩坐在那里不停地抹眼泪。过后，经过警察对小偷的审讯，我才知道那小偷原来是个农民工，这次进城是给孩子治疗心脏病的，结果在乘坐汽车时把钱包弄丢了，情急之下才起了偷心。

看着这对可怜的父子，我选择了宽容他们，并真心向警察求情，请求对小偷进行宽大处理。警察在录完我的口供后对我说："小伙子，以后出门小心点，一定要注意财物安全。"我鞠躬向警察表示感谢，并从钱包里拿出 500 元钱让警察交给小偷。警察非常吃惊。他说："难道你不记恨那个小偷吗？"我笑着对警察说："'贤德善良，宽容待人'是我家的家规，相信彼此间多一分宽容，社会就会多一分美好。"

写到这里，我想起著名作家毕淑敏的一句十分经典的话："有一颗大心，才盛得下喜怒，输得出力量。"是的，宽容既是善待别人，同时也是善待自己。宽容看似退缩，却在无形中扩大着心灵的外延。宽容看似软弱，却蕴含着以柔克刚的坚忍。

后来，那个小偷的孩子长大了，心脏病也治愈了。值得一提的是，他现在成了一名人民警察，而且也在那个车站值守，不久前我竟然收到了他的来信。原来，他通过我当初录口供时留下的老家地址写信联系上了我。看完他的信后，知道他的近况，我感到非常开心，我庆幸当初帮了他一把。或许，要庆幸的是我遵守了我家的家规：贤德善良，宽容待人。这些年，在家规的影响下，我时刻提醒自己做一个善良的人，保持一颗宽容的心。善良和宽容的品行也让自己遇到不少"贵人"和知己，正是在他们的帮助和陪伴下，我获得了好运，拥有了丰满的人生。

由此，我深感家规对一个家庭的重要性。家规可以说是家风的具体表现形式，是一种看得见的家风文化，是在家庭实际生活中形成并传承的一种风尚。如果说家规是有形的规范，那么家风则是无形的传统。

在那次授课中，我讲得最多的事例是晚清第一名臣曾国藩的家风故事。曾国藩从 20 多岁成为秀才到 30 多岁成为内阁学士兼礼部侍郎（正二品），可谓平步青云，春风得意。可是他在道光二十九年四月十六日写给弟弟们的信中说："吾细思天下官宦之家，多只一代享用便尽，其子孙始而骄佚，继而流荡，终而沟壑，能庆延一二代者鲜矣；商贾之家，勤俭者能延三四代；耕读之家，谨朴者能延五六代；孝友之家，则可以绵延十代八代。"这段话的意思是说，他曾经仔细思考过，天下做官的人家，荣华富贵大多只维持一代，官家子弟刚开始是骄奢淫逸，接下来是行为放荡，最后死无葬身之地，能再绵延一两代的很少；做生意的人家，勤劳俭朴者，则财富能绵延三四代；既种田又读书的人家，好的景况可以绵延五六代；若是孝友之家，则良好的家风可以绵延十代八代。

从曾氏这段话可以看出，在他的心目中，无形的良好家风要胜过有形的权势财富，辛辛苦苦挣来的家业要胜过从官场商场中得来的富贵。当然，官宦之家、商贾之家也可以造就孝友家风，只是权和钱是最容易腐蚀人的两样东西，孝友要在这样的家庭中扎下根来很不容易。身为大官的曾国藩之所以时时刻刻谈家风，其原因就在这里。

家风，是一个家族代代相传沿袭下来的体现家族成员精神风貌、道德品质、审美格调和整体气质的家族文化风格。家风对家族的传承和民族的发展都起到重要作用。就拿钱氏家族来说，自先祖五代十国时期吴越国国王钱镠开始，历朝历代钱氏家族皆有俊杰涌现，绵延一千多年。钱氏家族在近代一百年间形成了人才"井喷"，还被人编成顺口溜："一诺奖、二外交家、三科学家、四国学大师、五全国政协副主席、十八两院院士。"其中，最为出名的是两弹一星"三钱"——钱学森、钱伟长、钱三强。

为何钱氏家族能人才济济？答案就在《钱氏家训》里。钱家每有孩子出生，全家都要诵读《钱氏家训》，《钱氏家训》至今已经流传了一千多年。比如，在个人修养方面，《钱氏家训》记载："心术不可得罪于天地，言行皆当无愧于圣贤。"意思是存心谋事不能够违背规律和正义，言谈举止都应不愧对圣贤教诲。比如，在家庭教育方面，《钱氏家训》记载："父母伯叔孝敬欢愉，妯娌弟兄和睦友爱。"意思是说，对父母伯叔我们要孝敬，使他们欢愉；妯娌弟兄之间要和睦相处，相互关爱。当然，《钱氏家训》记载的家训良言还有很多，正是《钱氏家训》的内容影响了一代代钱氏后人，也塑造了一批批钱氏杰出人才。

是的，好家风孕育好家庭。讲这堂课不仅让我对"家风"二字有了更深刻的认识，更对什么是好家风有了清晰的答案。

手足情深

"夫家和则福自生。若一家之中，兄有言弟无不从，弟有请兄无不应，和气蒸蒸而家不兴者，未之有也；反是而不败者，亦未之有也！"这是曾国藩在道光二十三年（1843）正月十七日写给父母的一封信中的部分内容。曾国藩认为，作为一家人，只要兄弟和睦，一团和气，那么这个家庭就一定会越来越兴旺；如果兄弟面和心不和，矛盾不断，摩擦不断，那么再富有的家庭也会逐渐走向衰败，再强盛的家庭也会走向没落。

曾国藩作为兄长，不仅倾力资助弟弟们读书，还把最小的九弟接到京城他的家里读书。对于九弟的读书情况，曾国藩时常在书信中向父亲报告。突然有一天，九弟说想回湖南老家，曾国藩反复询问原因，九弟就是不愿说，曾国藩急得不知如何是好。他关切地对九弟说："是大哥哪里做得不对吗？你一定要说出来，千万不要闷在心里，若是我哪里做错了，你就严肃地责备我，我一定改正。"

尽管曾国藩不停地检点自己的言行，可九弟就是闭口不语，非走不可。没办法，曾国藩就给父亲写了一封信说明情况，并说明不让九弟回去的原因，主要是近来路上不安全，他若能留下，就继续读书，若不听话，我"责以大义，必不令其独行"。并要求父亲来信先责备自己没有尽到做兄长的责任，而后再责备九弟无知，相信九弟会改过的。

除了九弟外，曾国藩对其余几个弟弟也是关怀备至。对于弟弟们的学业，曾国藩非常关心，费尽心思引导和劝说，期望他们功成名就、光宗耀祖。当弟弟们科考不顺时，曾国藩鼓励弟弟们千万不要丧失信心。

"四弟和六弟的科考运气不佳，不要把这个看得过重。"曾国藩在书信中勉励弟弟们不要因为一次考试不理想而丧失信心。他还列举了历史上一些大器晚成的人物，虽然他们考中的时间很晚，可是凭借自己的真本事在很短的时间内接连升迁。曾国藩告诫弟弟们，一点点小的得失并不可怕，就怕学业不精，机会来了也落不到自己的头上。后来，弟弟们以曾国藩为榜样，跟随他上沙场抗敌。再后来，曾国藩兄弟们齐心合力把曾家变成了名门望族。

兄弟和则家道兴。历史上，兄弟情深的故事从未间断。北宋时期苏轼和苏辙的兄弟情深故事便是其中的典范。苏轼只比弟弟苏辙大两岁。兄弟两个从小就在一起学习玩耍，到20岁左右，又一起参加科举考试，并且同一年考中进士，同时在朝廷为官。哥哥苏轼因为"乌台诗案"而被捕入狱，弟弟苏辙听到消息后立即上书皇帝说，愿意拿自己的官职来为哥哥赎罪。苏轼后来给苏辙写过一首诗，其中有两句"与君世世为兄弟，更结来生未了因"，表达了他希望和弟弟苏辙生生世世都能成为兄弟的感人情谊。

提起"兄弟情"这三个字，我联想到《后汉书》中"赵孝争死"的感人故事。赵孝是何人？也许现代人知道他的并不多，但他舍身救弟的故事却在历史上广为传颂。赵孝，字长平，沛国蕲（今安徽宿州）人。父亲赵普在王莽时期为田禾将军，赵孝被任命为郎官。

赵孝虽生于官宦之家，却十分低调。每次回乡探亲，他从不招摇过市，总是身着平民衣装悄悄回家。有一次他从长安回乡，路上有个邮亭亭长听说后，想巴结款待赵孝。结果因为赵孝穿着平民衣服，亭长没有认出他来，就不让他停留，还问他："听说田禾将军的儿子从长安过来，知不知道什么时候到？"赵孝听后回答"就快到了"，然后就走了。由此可见，赵孝为人正派，为官清廉。

王莽末期，天下大乱，盗贼并起，天灾人祸不断，饥荒连连，曾发生人吃人的事件。赵孝的弟弟赵礼被饥饿的盗贼抓获，赵孝听说后，把自己绑起来去见盗贼，说"礼久饿羸瘦，不如孝肥饱"，要求换弟弟一条命。盗贼大惊，便把他们一起放了，并交代他们带米来补偿。赵孝没有找到更多的米，本来可以不去，然而赵孝依然回复盗贼，愿意以身代米。盗贼们非常震惊佩服，并未加害他。从中可以看出，赵孝以敦厚孝悌感动了盗贼，再加上盗贼的良知并未泯灭，从而被感化，使得乡间民风为之改观。随之，"兄肥弟瘦"、赵孝争死的故事历代传扬，成为兄友弟恭的典范。

俗话说："兄弟同心，其利断金。"可是，在现实生活中有些兄弟往往为了一己私利关系紧张，甚至反目成仇。记得听父亲讲过村里两兄弟从分家到分心的故事，听后不由得心生感慨。20世纪七八十年代，在我们乡下，兄弟结婚后分家是一件平常的事情，也是一件重大的事情。当时，村里流行一句话："树大分权，儿大分家。"父亲给我讲的这个故事发生在20世纪80年代初的老万家，老万家在村里是大户人家，分田到户政策落实后，老万夫妻俩靠着种田和养牛的收入辛勤地养育了五个闺女、两个儿子。闺女长大后相继嫁人，组建了新的家庭，不久两个儿子也都成家立业。儿子成家后便面临分家的问题，分家是人生大事，必须邀请族长作为见证人和主持人。那天，族长到万家后，首先让老万公布了要分的财产。万家共有两辆自行车、两台缝纫机、七头牛，自行车和缝纫机都好分，可是这七头牛该怎么分呢？族长一时也犯了难，这时老万看着族长没办法把财产分下去，便站起身将巴掌使劲往八仙桌上一拍，说："我看这七头牛中的四头分给大儿子，因为大儿子家里有两个孩子要养活，而且他也没什么手艺，只能靠种地为生。二儿子念书多，将来挣钱的路子多，现在也没有孩子，家庭负担不是很重，分给他三头牛也够了……"听了老万的话，族长连连点头，称赞老万说得在理。二儿子见父亲话说得这么硬，虽然心里觉得有些委屈，但也没有提出反驳的意见，事情就这样定下来了。

　　按照我们那里的风俗，分家儿媳妇是不参与的，但不参与并不代表分得的财产儿媳妇没有发言权。二儿子回家后一五一十地将分家的事情告诉了媳妇，媳妇听后气不打一处来，觉得老公就是太老实，于是一个劲地怂恿他趁夜晚家人都熟睡的时候，偷偷地把分给老大家的牛拉上一头赶到集市上卖掉。二儿子一开始觉得这样做实在太缺德了，但他最终经不起媳妇的唠叨，于是趁着夜深人静的时候，按照媳妇的吩咐偷偷将牛从牛栏里牵出来，然后轻手轻脚地拉着牛绳往集市上赶。集市离他家虽不是很远却很难走，这中间要翻越两座山，但是想着牛已经牵出来了，于是他只得硬着头皮摸着山路往前走。当他翻过第一座山的时候，山间突然响起了恐怖的打雷声，不大一会儿便下起了大雨，雨越下越大，这时大儿子被雷声惊醒，便起床检查牛棚的安全。当他打开手电筒时，他发现少了一头牛，便赶紧叫醒了媳妇，和他分头去找牛。此时，二儿子正赶着牛直奔第二座山，没想到，一不小心他的脚踩空了，就这样摔下山崖，这时牛因为受到了惊吓拼命地跑开了。摔下山崖后，二儿子头脑还算清醒，就是整个身子不能动弹。幸亏大儿子来得及时，迅速把他抬到附近的医院才保住了他这双腿。关键时候看着大哥救了自己的命，弟弟很受感动，但更多的是对大哥的愧疚，大哥其实在心里已经原谅了他。

兄弟情深，血浓于水。细细思量，无论是曾国藩长兄如父般的恩情，还是苏辙舍官职救哥哥、赵孝舍身救弟的亲情，以及万家兄弟真情，都在告诉我们：在这个世界上，手足情是最珍贵的情谊。抚古思今，我相信，不管我们身处何方，无论我们遭遇什么困境，手足亲情永远不会改变。

人间最美是孝悌

　　何为"孝悌"？"孝悌"作为整词首见于《论语·学而》："其为人也孝弟，而好犯上者，鲜矣。""弟"即为"悌"。自此，孝悌理念被传承下来，也作为一种孝道文化融入中华儿女的精神血脉。

　　孝悌之道是千百年来中国人修养心性、为人立身之道，也是中国社会维系家庭关系、整肃社会秩序的经世治国之道，是每个人都应尊崇、力行的高尚价值理念。曾国藩在家书中这样告诫弟弟们："于孝悌两字上，尽一分便是一分学，尽十分便是十分学。今人读书皆为科名起见，于孝悌伦纪之大，反似与书不相关。殊不知书上所载的，作文时所代圣贤说的，无非要明白这个道理。"曾国藩强调孝悌是学问的根本，需要弟弟们在孝上用功，并体现在家庭的日常生活中。让长辈们每天都开心、舒心、顺心地生活，才是真正的大学问。他批评当时片面追求科举，忽视孝悌教育的学风，认为孝悌是圣贤之学的关键。在明清时期，读书人只要通过科场竞争考取功名，就可以光耀门楣，让父母光彩、亲友光鲜。然而，曾国藩却从另一个视角教育弟弟们，科名不可尽得，而孝悌不可不得。

　　曾国藩之所以对"孝悌"二字如此看重，其实与他的家庭有着很重要的关系。曾国藩从小最敬佩的人是他的祖父曾玉屏。事实证明，祖父对曾国藩的做人做事影响深远，也可以说是他人格的最初塑造者。曾玉屏曾为曾氏家族定下家风家训，如"三不信"：不信医药、不信僧巫、不信地仙。还有八个字：猪（养猪）、蔬（种菜）、鱼（养鱼）、书（读书）、早（早起）、扫（黎明即起，打扫庭闱，内外整齐）、考（祭祀先祖）、宝（和睦乡里）。要家里子弟常设常行，不得有误。"三不信"、八字家训，后来都被曾国藩作为家训传承了下来。

　　曾玉屏在曾国藩很小的时候就言传身教，教导他要孝敬祖先、尊敬兄长。曾玉屏的言传身教也让曾国藩的父亲受到很大影响，曾国藩的父亲曾麟书读书资质不高，经常被曾玉屏责骂，但是当曾玉屏病重的时候，曾麟书一直陪在他身边精心照料，从未有半点怨言。曾玉屏晚年时精神陷入迷糊状态，经常一夜起来六七次，起初请仆人照护他，仆人时常不明白他的意思，仆人的照顾不能令他称意，于是曾国藩的父亲、叔父决定轮流照顾，特别是换尿屎裤时，小心细微，动作轻拂，从不嫌弃污臭。父亲、叔父用心照顾，家里内外长幼都以帮洗污衣污被为乐事，不知有臭秽。曾玉屏病重三年，曾国藩父亲、叔父以及诸弟轮流照顾，每夜不得安枕，照顾仍如初时一样细致认真。

　　曾玉屏 76 岁去世时，曾国藩 39 岁，正在京城任礼部左侍郎，请假两个月，没回老家，一身孝服。清王朝提倡以"孝"治国，曾国藩除了分内事务到署办公外，其他事一概不管。朝廷给曾玉屏恩赐封诰：初封中宪大夫，累赠光禄大夫。曾玉屏的教诲，深深印在曾国藩的心里，这对他做人办事都产生了深刻的影响。

曾国藩进京为官后，长时间见不到父母，他就坚持给父母写信嘘寒问暖。他每次写信的格式都是"男国藩跪禀父亲母亲膝下"或者"男国藩跪禀父亲母亲万福金安"，结尾处就是"男谨禀"或"男谨呈"，都是恭恭敬敬的。除了孝敬父母外，曾国藩还把"孝友传家"作为家族的优良传统，提倡"父慈子孝，兄友弟恭"。他希望通过这些准则来规范家族成员的行为，进而达到家族团结和睦的目的，从而使家族长盛不衰、香火永传。

曾国藩一共有四个弟弟，其中三位投笔从戎，只有四弟曾国潢（字澄侯）经营家业。当时23岁的四弟曾国潢为诗文功名所困，也有外出闯荡的心思，因此向大哥曾国藩写信道心中的苦恼。曾国藩非常了解四弟的性格和才能——"性情真挚，而短于诗文"，不适合外出闯荡，做学问也缺乏恒心和耐心，于是在这封家书中劝慰四弟："此事断不可求速效，求速效必助长，非徒无益，而又害之。只要日积月累，如愚公之移山，终久必有豁然贯通之候，愈欲速则愈锢蔽矣。"曾国藩认为，"绝大学问，即在家庭日用之间"，希望四弟做好家庭的学问，重视家庭问题："科名之所以可贵者，谓其足以承堂上之欢也，也谓禄仕可以养亲也。今吾已得之矣，即使诸弟不得，亦可以承欢，可以养亲，何必兄弟尽得哉？贤弟若细思此理，但于孝悌上用功，不于诗文上用功，则诗文不期进而自进矣。"曾国潢最后听从了曾国藩的建议，潜心研究家庭问题，把家族治理得井井有条，曾氏家族的兴旺也离不开曾国潢的治理之功。

　　写到这里，我想起了父亲的孝悌故事，尽管故事很平常，但对我触动很深。从我记事起，父亲便对爷爷奶奶很孝顺，那时父亲虽然跟爷爷奶奶分了家，但每次家里做什么好吃的，父亲总是让我先给爷爷奶奶送过去，让他们先吃。父亲年轻时，遇到农闲，他总会背着撒网和鱼篓去河里打鱼，每次打鱼回来首先挑选几条大鱼给爷爷奶奶送过去。每年过年杀年猪，父亲都是先把最好的猪肉留给爷爷奶奶。后来，父亲去外地打工了，每次回家不管多晚多累，回到家总是会先去看望爷爷奶奶。

　　奶奶患有风湿病，到了阴雨天就容易发作，所以父亲特别关注天气预报，一到雨天就会打电话叮嘱奶奶不要用冷水，为此还专门给奶奶买了好几双里子带绒毛的皮手套。冬天，父亲还给奶奶买了电热毯，要知道 20 世纪 90 年代初农村用电热毯的还不多，为了买电热毯，父亲专门去了趟省城。电热毯买回来后，父亲担心奶奶记性不好，在使用电热毯中出现安全问题，每天一大早就披上大衣蹲在奶奶家门口，等奶奶起床后立马进屋检查，确定电热毯断电后才安心。

　　父亲对待我二爹，也就是父亲的弟弟，也是尽心尽力。二爹从小体弱多病，在十几岁的时候还得了一场大病，也就是腰上长了一个毒疮，在乡里治疗了两三年不见好转。父亲说，作为家里的长子，绝不能坐视不管。父亲一方面主动担负起了二爹的治疗费用，另一方面帮助二爹四处寻医问药。父亲那时已经上初中了，也算有些文化，爷爷奶奶跟父亲商量，让他带着二爹到省城去治疗，父亲一心想着治好自己弟弟的病，毫不犹豫就答应了。那年父亲 15 岁，二爹 12 岁。这是父亲第一次进省城，对于一个涉世未深，而且从未见过世面的学生来说，进城求医的路无疑是艰辛的。进省城后，为了节约生活开支，省下钱来给二爹看病，父亲除了留下买汽车票等必须花的钱外，坚决做到一分钱不乱花。父亲饿了就吃从家里带的红薯，口渴了就到汽车站接点水喝。二爹身体非常虚弱，父亲到了省城后，用省下来的钱每天在餐馆给二爹点一个肉菜和两根油条。

转眼，父亲和二爹已在省城一周了，二爹的病也没有得到确诊。眼看口袋里的钱就要花光了，父亲决定先回去，等钱攒够了再带二爹到省城来看病。父亲在返回老家的汽车上遇到了一个大学教授，教授告诉父亲，在离我们老家不远的一个城市有一个老中医专门治疗生疮这类疑难杂症。临下车时，父亲在本子上记下了老中医的地址，回家后的第三个月，父亲带着二爹找到了那位老中医，老中医经过诊断后开了几服药。二爹抱着试试看的心理，按照老中医的医嘱按时喝药。三个月后，奇迹出现了，二爹腰上的脓疮由大变小，后来就神奇般消失了，从此再也没有发作过。

父亲的言传身教使我和妹妹懂得要孝敬长辈，每次学校放假回家第一件事就是去奶奶家，帮他们做做家务，做一些力所能及的事情。我们也会坐下陪奶奶聊聊天，把在学校发生的有趣的事情跟她讲讲。因为孝顺不只是物质上的支持，更是精神上的陪伴。

除了孝顺，我们家也十分注重悌道。父母经常教育我们兄妹之间要互相关爱、互相帮助。每当妹妹遇到苦恼的事情或困难时，我便耐心地倾听，给予鼓励和建议。记得妹妹在上中专时，母亲患甲亢常年卧床，家里无力支付妹妹的学费，当时我在部队服役，为了帮助妹妹完成学业，我把所有的津贴都交给了妹妹，让她顺利完成学业。中专毕业后，妹妹如愿找到了理想的工作。后来，我在城里买房遇到经济困难，当时有几万元的资金缺口无力填补，妹妹知道后二话没说便把钱借给了我，圆了我进城居家的梦想。这些年，我和妹妹都非常珍惜兄妹之间的感情，遇到困难互相帮助、互相鼓励。

天下最真是亲情，人间最美是孝悌。"有福人生，从孝悌开始。"父亲经常用这句话教导我们要守孝悌，传家风，这句话也让我们的家庭永远充满爱的力量！

孝是一种修身

俗话说："百善孝为先。"孝代表的是中华民族的优秀传统文化，"百善孝为先"是从古至今流传下来的一句话，也是我们对老祖宗优良传统的继承，更代表了中华儿女的优秀品质。那么，如何去做才能称得上是孝顺呢？有人认为只有顺从老人的意志，让他高兴、自在、快乐地活着，才是最好的。殊不知，要想做到孝顺还需要有修养、有德行。

在中国传统文化典籍《孝经》中，孝顺被赋予了深刻的哲学意义和丰富的文化内涵。《孝经》是一部专门讨论孝道的经典文献，多以为孔门后学所撰，通过对孔子和他的弟子们关于孝的讨论，展现了孝的实践和理论。《孝经》中提到，孝的实践不仅仅是对父母的直接照顾和尊重，更是通过修身、齐家、治国、平天下的过程体现出来的。这意味着孝顺是一个人道德修养的基础，是实现个人、家庭乃至社会和谐的重要途径。

那么，作为普通人应该怎样去孝敬父母呢？国学大师曾仕强结合他对《孝经》的理解提出五条要求：一是"居则致其敬"，他说，平常生活中要对父母恭恭敬敬；二是"养则致其乐"，他说，要让父母因为有儿女在身边而感到十分愉快，而不是当儿女有了地位和财富后，处处看不惯父母，甚至给父母脸色看；三是"病则致其忧"，他说，作为儿女，要有"病在娘身，疼在儿心"的思想境界，而不是父母生病了你给请个好大夫，或者请人照料就什么都不管了，要知道人老后生病的时候除了自己的儿女外几乎没有人会喜欢，也没有任何人会像自己的儿女那样尽心尽力照顾左右；四是"丧则致其哀"，他说，不管父母年龄多大离世，作为儿女，内心都是充满不舍和哀戚的；五是"祭则致其严"，他说，儿女们祭奠祖先的时候要很严肃，要发自内心地缅怀祖先。只有做到了这五点，才算是一个有孝心的人。

在清代，孝道文化被广为推崇。晚清第一名臣曾国藩堪称践行孝文化的典范。他在家书中写有这样一段话："凡子之孝父母，必作人有规矩，办事有条理，亲族赖之，远近服之，然后父母愈爱之，此孝之大者也。若作人毫不讲究，办事毫无道理，为亲族所唾骂，远近所鄙弃，则贻父母以羞辱，纵使常奉甘旨，常亲定省，亦不得谓之孝矣。"意思是说，凡是孩子孝顺父母，一定是做人有规矩，办事有条理，亲戚们都依赖他，远近之人都佩服他，父母也因此更爱他，这就是大孝。如果做人没有档次，办事毫无道理，为亲族所唾骂，远近之人都鄙弃他，从而给父母带来了羞辱，这样的人即使常常用美食供奉父母，也称不上是孝。

曾国藩的一生都将孝悌与修身联系起来，因此他非常注重对孩子进行孝道教育；自己更是以身作则，无论公务多么繁忙，都会写信问候家中父母近况；每逢有事，必躬身亲为。孝顺父母本是中华民族的传统美德，孩子越孝顺，为人就越优秀，家族也越兴旺。曾氏家族人才辈出，以至于今天的曾氏都后继有人并经久不衰，也充分印证了这个道理。

"孝顺父母不能只挂在嘴边，而应该体现在日常生活的点点滴滴之中。"这是我在随州日报社工作时，看了同事采写的一篇新闻报道《背着八旬养母求学》后的真实感受。新闻故事的讲述者名叫孙玉晴，一个不幸而又幸运的女大学生。孙玉晴出生于1991年秋天，不幸的是她出生不久就被亲生父母遗弃在随城火车站，幸运的是她被善良的养父母捡到，小心翼翼抱回家精心养育。那年，养父65岁，养母51岁。养父母都是地地道道的庄稼人，家庭条件不好。乖巧懂事的孙玉晴从5岁开始便和养母一起捡废品、割猪草，和养父一起去十几里外的收购点卖废品。

虽然生活十分清苦，却让孙玉晴更加懂得感恩。她说："养父母收养我的时候，都是颐养天年的年龄，他们不是为了'养儿防老'，而是由于善心和善念疼惜一个幼小的生命，他们视我如掌上明珠。"

为了供孙玉晴读书，养父母拼命种地干活儿，平时还四处捡破烂儿卖钱，由于积劳成疾、年迈体衰，在孙玉晴上高中时，80多岁的养父患偏瘫，生活无法自理，经常住院。屋漏偏逢连阴雨，养母为了给玉晴挣学费在家养猪，却不慎发生意外，头部受重伤，虽及时手术保住了性命，却留下后遗症。这下养父母都需要人照顾了。

孙玉晴一边照顾病床上的养父和病中的养母，一边挤时间学习，医院家里两边跑。高考临近时，孙玉晴的养父离开了这个世界。不久，孙玉晴考取湖北文理学院的一个专科。她忍着失去父亲的剧痛，安顿好母亲，走进了大学。一进校门，她便下定决心：一定要通过专升本考试，今后还要考研究生，不负养父母的养育之恩。

当时孙玉晴面临更为急迫的问题是筹学费和生活费。为此，她一边坚持学习，一边在学校食堂打工，帮食堂卖饭、洗碗、擦餐桌、清扫剩饭，这样她不仅可以免去一日三餐生活费，每个月还能拿到固定的工钱。孙玉晴的大学同学小刘回忆，孙玉晴是一个特别不怕苦的"奇人"，她除了上课、做兼职，剩下的时间全都泡在学校图书馆里。

功夫不负有心人。孙玉晴不仅成功考取了本科，并且在2016年考取了西北工业大学英语语言文学专业研究生。

"子欲养而亲不待"，养父离世是孙玉晴心中永远的痛。为了尽孝，孙玉晴决定实现养母"到首都北京看看"的心愿。2015年，大学毕业将近，养母的身体每况愈下。孙玉晴在母亲节给养母准备了一件特别的礼物——用奖学金和勤工俭学的收入，带养母乘坐飞机去北京，终于完成了养母的北京旅游梦。

后来，养母患上了阿尔茨海默病，而且病情越来越严重。为了方便照顾养母，在西北工业大学读研的孙玉晴把养母接到西安，她租房子，一日三餐亲手给养母做，承担着求学和照顾养母的双重重担。但她从未觉得辛苦和劳累，反而觉得这是甜蜜的"负担"，是最幸福的事情。

尽孝是一种责任，一种修养，更是一种来自内心的爱。尽孝的每一分努力，都将化作亲人脸上的微笑。作为儿女，我觉得有能力、有机会为父母尽孝真是一件无比幸福的事情。中秋节的前一天，我的母亲打电话说父亲慢阻肺的老毛病又犯了，整天在家吸氧，什么东西也吃不下，这样拖下去恐怕不行了。接到母亲电话的时候，我正在准备单位的一次重要会议，挂断电话，我迅速给领导说明了情况并请了假，准备立马将父亲送到医院治疗。这些年，我和父母是分开居住的，这是父亲提出来的，原因是他不想让咳嗽声打扰我和爱人的生活。说实话，虽然我和父母的居住地只相隔一座桥，但平日我去探望二老的机会并不多，只有周末和节假日带着儿子去一趟。每次去，父母都要提前准备一两天，恨不得把所有好吃的菜都给我们做一遍。

来到父母家后，我发现父亲脸上没有一点血色，嘴唇呈黑紫色，躺在床上起身都有些困难，见到我来了，父亲强作镇定地对我说："我没事，别听你妈瞎说，我早上还喝了半碗米汤。我再也不想去医院了，想想不到两年时间我就进了五次医院。能不能跟医生说下给我开点药吃？我在家里养着就行……"我当然知道父亲的担忧。他担心他住院后我一边要上班，一边要带两个孩子，没空给他送饭，另外就是担忧这高昂的住院费。见父亲病得这么严重，我急忙劝父亲早点到医院去看病，其他的事情不要考虑。我还瞒着他说住院费都已经交了，如果不去的话钱就浪费了。就这样，父亲勉强说住两天就回去。幸好父亲这次听了我的话，医生说父亲这次病得很严重，再拖两天可能就没命了。

中秋节的晚上，父亲输完液，脸色开始红润起来，饭量也恢复了，心情比在家时也好了不少。看父亲的精神状态不错，我搀扶着他在住院部的小花园里赏月。我们在皎洁的月光下背靠背坐着，我能够感到父亲的身体在不停地颤抖，我一下子感觉到他老了，他已不再是当年村里大伙儿争相传颂的那个"大力士"了，他如今是个老人，是个年过古稀的白发老人，是个生病的老人，是个需要儿女呵护、关心的老人了。

中秋夜晚，我们依偎在一起畅快地聊过去聊现在，聊生活聊事业，我尽量多给他讲开心的事、宽心的事，讲活着有多好的道理。父亲听了十分高兴，转身望着我哈哈大笑起来。我发现此时父亲就像个孩子，需要哄着，也喜欢被哄着的感觉，就像我小时候一样，只要被父亲哄，我就会很开心，吃饭睡觉都在笑。此时，我便想，年幼时父亲是我的依靠，是我无法脱离的港湾；长大后，我向往外面的自由，迫不及待地想离开父亲去找寻自己的未来。当自己组建了家庭后，我才明白父亲的难处，真是应了那句老话：不养儿不知父母恩。未来，我愿意当父亲的精神"拐杖"，陪着他，哄着他，让尽孝成为一种修养，一种幸福的坚守。

写到这里，我的脑海里又浮现出"孝"字来。我真是佩服中国文字的博大精深，一个"孝"字竟然生动地诠释了中国孝道文化的精髓。"孝"字，上半部分象征长辈，下半部分象征晚辈，寓意晚辈对长辈的敬养与顺从。一个"孝"字不仅包含着中华传统文化的精髓，更是维系家庭和谐、社会稳定的重要纽带，它教会我们感恩，做一个有责任、有修养的人。所以，我期望大家从现在开始，做一个有修养、有德行的行孝人，让孝心永驻心田、孝行永驻人间。

孝的真谛

　　何为"孝道"？中国最早的一部解释词义的著作《尔雅》下的定义是："善事父母为孝。"汉代贾谊的《新书》界定为"子爱利亲谓之孝"。东汉许慎在《说文解字》中的解释为："善事父母者，从老省，从子，子承老也。"许慎认为，"孝"字是由"老"字省去右下角的形体，和"子"字组合而成的一个会意字。由此我们可以看出，"孝"的古文字形与"善事父母"之义是吻合的，因而孝就是子女对父母的一种善行和美德，是家庭中晚辈在处理与长辈的关系时应该具有的道德品质和必须遵守的行为规范。当然，这只是字面上的解释，近来通过阅读《曾国藩家风》，我对"孝道"二字有了更加深刻的认识。

　　曾国藩是一个终身恪守孝道的人。他自从进京为官后几乎每个月都要给湖南老家的父母、祖父母和叔父母写信，有时一个月写好几封，在信件里对长辈的生活和身体情况都十分关心，对家里的情况问得很细，并再三叮嘱弟弟们在家要照顾好老人。直到今天，我们再读他的家信依然可以从中感受到在外游子对父母的关爱之心、赤子之情。道光二十八年（1848），曾国藩家人来信说他的祖父生病了，父亲、叔父在床前全心伺候祖父已经有一段时间，由于叔父的身体本来就不好，加之前段时间为了盖房的事情过于劳累导致吐血，身体更加虚弱，因此照顾祖父的事情主要由父亲一个人承担。

曾国藩收到家信后，对祖父的身体非常担心，恨不得马上赶回家照顾祖父，可朝廷对官员管得很严，没有皇帝的旨意不能随便回老家。在京城，曾国藩除了坚持为祖父祈福外，还写信寄回老家表达对父亲的担忧，他希望父亲不要太劳累，要注意身体。为了照顾好父母，曾国藩提出家里的琐事让四弟管理；至于粗重的体力活儿，可以雇一个用人来做，如果一个不够就雇用两个，其中一个要灵巧秀气，专门照顾祖父。曾国藩在信的末尾说，他在京城的生活也很艰辛，经济也很紧张，"光景之窘，较胜往年，然东支西扯，尚可敷衍"。然而，即便在这样的情况下，他也安慰说等发了工资马上寄一部分回家。

曾国藩在京为官时主要靠写信表达自己的孝敬之心，同时从回信中了解父母及家中长辈的需要。有一次，曾国藩得知父母年老体衰想买个丫头在家服侍，曾国藩立即回信表示支持，并且从自己的收入中节省出五十两银子寄给父母。

曾国藩在京城为官十多年，日日惦念在家的父母。咸丰二年（1852），他等来了一个机会。这一年朝廷任命他为江西乡试的主考官，江西和湖南相邻，他接到任命后就向朝廷请了一个月的假，以便回湖南老家一趟，朝廷考虑到他的情况就批准了。不过还没有走到江西就接到母亲去世的家信，万分悲痛之下，他匆忙写好给皇上的辞呈就赶回老家奔丧。而这时洪秀全的太平军已经打到湖南，长沙受到威胁，办完母亲的丧事不久，孝期还没过一半，他就被任命为湖南帮办团练大臣，组织招募军队对抗太平军，自古忠孝难两全，他只得受命戴孝从军。曾家四兄弟都跟着曾国藩在军中效力，家中留下父亲和四弟两人，但四弟经常不在家。曾国藩知道后写信说："我们兄弟都在外带兵打仗，四弟、六弟在我身边，你又时常外出，遂无一人侍奉父母膝下，这实在和《论语》中教导的'父母在，不远游'相违背。我们几个离家远，照顾不了家里，你应多待在家里，以履尽孝之职，不要总外出办事。"曾国藩对四弟的期望是："洗尽浮华、朴实谐练、上承祖父、下型子弟，吾于澄弟实有厚望焉。"

四弟曾国潢在曾国藩的劝说下安心留在家里管理家事，教导子侄，一步步把曾国藩的治家理念、教子思想付诸实施。后来曾家的子弟个个成才，其中功劳最大的当数曾国潢。

"父在观其志，父没观其行。"孔子认为，判断一个人是否孝顺，要看他有没有改变长辈订立的规矩，如果长辈一去世就把他订立的规矩废除，这样的人不是真孝顺。曾家的规矩是由祖父制定的，曾国藩对于祖父始终怀有崇敬之心，对于祖父的教诲他严格遵循，并要求后辈继续传承下去。咸丰十年（1860），曾国潢40岁，这时祖父母、父母已经去世，曾国藩在写给他的信中谈起治家之道时说："一切以星冈公为法。"星冈是祖父曾玉屏的字，曾玉屏治家有八字诀：书、蔬、鱼、猪、早、扫、考、宝。曾国潢过40岁寿辰时，曾国藩对他说："祖父生前对这八个方面非常看重，我把这八个字写在屏风上，作为你的四十寿辰贺礼，你把它摆在堂上，以便后世子孙知道我们家的家风家训。"咸丰十一年（1861），他在写给四弟的家信中再次提及："家中兄弟子侄，惟当牢记祖父这八字。"

曾国藩在孝敬父母的同时，对叔父母也非常孝顺，除了经常给他们写信问安外，还为叔父母请了诰封，叔父母去世的时候官封正一品光禄大夫、正一品诰命夫人，这在古代都是不常见的。按照古代的官场惯例，官员达到一定级别后才可以为父母、祖父母等请诰封，但一般都是给直系长辈请诰封，很少给旁系叔伯请诰封的。叔父曾骥云可说一辈子比较抑郁，在读书上没有什么功名收获，结婚后也未生子，虽然在父亲的主持下将兄长的儿子，也就是曾国藩的六弟曾国华过继到了膝下，但曾国华在与太平军的战役中战死沙场。曾国藩在叔父去世后特意写信给四弟、九弟，对他们说，叔父生平虽处顺境，受人尊重，但暗中却极为抑郁，想来让人伤心，他嘱咐弟弟们一定要把叔父的丧事办得风光体面。其实，叔父曾骥云只比曾国藩大四五岁，虽然辈分不同，但属于一个年龄段的人，他能如此侍奉，足见他把"孝"字看得很重。

曾国藩的孝行故事让我深刻感受到，孝是一种责任，一种担当，更是一种人性的光辉！孝道家风永不过时，永远闪耀着时代光芒！

兄弟情

　　写下"兄弟"这两个字，我的脑海里立即浮现出很多与之相关联的词汇。比如"血浓于水"，这个成语直接表达了兄弟间因血缘关系而紧密相连、不可分割的情感。比如"手足情深"，形象地表达了亲兄弟间如同手足一般紧密相连、相互扶持的情感。再如"同气连枝"，比喻亲兄弟间如同一棵树上的枝条，共享相同的生命之源，共同生长。总之，兄弟间的深厚感情是建立在血缘关系基础上紧密相连、相互扶持、共同成长的情感。

　　曾国藩十分看重兄弟情谊。他在道光二十三年二月十九日写给弟弟们的信中的一段话至今还时常被人提起。他说："兄弟和，虽穷氓小户必兴；兄弟不和，虽世家宦族必败。"这段话的意思是说：兄弟之间如果能够和睦相处，即便穷困也不怕，一起努力会有发达的时候；兄弟之间如果不和睦，即便是身居官宦的兴旺之族，也一定会衰败下去。然而，亲兄弟之间相处久了也难免会发生一些磕磕碰碰的事情，特别是遇到利益问题的时候，更能考验兄弟情谊了。咸丰五年（1855）十二月初一，44岁的曾国藩给弟弟们写了一封家书，解释妻子背着自己在衡阳五马冲买了一块田地，他对这种做法表示反对，也批评和教育妻子，希望诸位弟弟谅解。曾国藩解释说，父母和叔父都一直没有分家，两代兄弟和睦相处在一堂，家和则福自生，自己更没有购置私田的道理。接着，曾国藩还阐述了单方面购置私田的坏处：一旦家族中滋生了自私的风气，各位家族成员都会为了小家着想，而不顾大家的兴旺发展，这个大家庭也会随之衰败。

曾国藩还用祖父的一句话来教育弟弟们不要存私心、积累私财——"好积私财者为将败之征"，意思是家庭成员积累私财是家族衰败的征兆。最后，曾国藩态度坚决地让弟弟们将衡阳五马冲的田地卖掉，换成钱财，以供家用，千万不能因为这件小事影响了兄弟之间的和睦。

曾国藩对弟弟的爱护是掏心掏肺的。曾国藩的弟弟曾国荃是湘军里的悍将，这让曾国藩既骄傲又担忧。因为曾国荃的火暴脾气时常让曾国藩放心不下。曾国藩经常写信告诫弟弟曾国荃，人不要迎着风头向上扑，而要以退为进。曾国荃打仗确实是把好手，在攻打南京城时，他身先士卒，四十六个昼夜没有合眼。可以想象，四十六个昼夜不合眼是什么状态。曾国藩后来从安庆坐船到南京视察的时候，看见全军将士穿戴非常整齐，但没有看见曾国荃的身影，便问将士们九帅（曾国荃）在哪里。战士们说："九帅体力耗尽，躺在营地起不来了。"曾国藩听后立即命令战士们用轿子把曾国荃抬来见他。眼见南京城被攻下，湘军士气高昂。此时，曾国荃和将士们都想让曾国藩黄袍加身当皇帝，曾国藩当然不会答应。他立即劝弟弟说："朝廷把打太平天国的任务交给我们，我们的任务完成了，该回家了，我们要学郭子仪……"曾国藩在曾国荃过41岁生日的时候，特意给他写了祝寿诗十三章，其中有两句非常有名："左列钟铭右谤书，人间随处有乘除。""左列钟铭"意思指国家给你的荣誉，"右谤书"是指那些弹劾你的谤书。曾国藩说的最重要的是后面这一句——人间随处有乘除，意思指你顺风顺水的时候是在做乘法，事情做得很大，人往往容易忘乎所以，这时稍不注意就会导致失败，就会变成做除法，一旦做除法，你前面不管取得多大的成就最后都会归零，甚至变成负数。

曾国藩写这两句话的意思是告诫弟弟要以退为进，不要像飞蛾扑火一样迎头往上扑，最后被烧死了……曾国荃最终被哥哥曾国藩这两句话点醒，第二天他向皇帝递交辞职书，决定辞去浙江巡抚一职，回湖南老家。

兄弟和则家业兴。接下来我要讲的这个故事诠释的不仅是家业更是国运。春秋时期，宋桓公有两个儿子，兹甫和目夷。兹甫是正妻所生，嫡子。目夷庶出，年龄比兹甫大几岁。二人非常友爱，关系好到不分彼此。但由于哥哥庶出，按照嫡子继承的法则，弟弟兹甫应该继位。因此，宋桓公在去世前，就把兹甫叫到身边让他继承王位。但兹甫说："哥哥比我年长，应该把王位给大哥。"没想到目夷听说了以后对父亲说："弟弟都愿意把国君之位让给我，说明他比我仁义，而且他是嫡子。我宁死不做太子。"为了躲避弟弟的让贤，目夷偷偷地离开了宋国，前往卫国避嫌。这时候，还没有找回目夷，宋桓公就去世了。弟弟兹甫只好继承了王位，史称宋襄公。那个时代，别的国家王位继承人都是为了争夺王位打得头破血流，而宋国的继承者却相互谦让。宋襄公继位后的第一件事就是把哥哥接回来，任命他为国相，哥哥推辞不下，只好就任。自此以后，兄弟两个齐心协力，共同治理朝政。

兄弟情像一首无声的歌，悠扬而动听。在现实生活中，兄弟关系和姐妹关系有些不同。姐妹间有什么话随时随地都可能表达出来，而兄弟之间大多选择沉默无语。几年前，我去随城寻找创作素材，和一个出租车司机不期而遇，便和他就"兄弟"这个话题攀谈了起来。结果，他给我说了一件事，让我茅塞顿开。

司机给我讲的是兄弟俩血浓于水的故事。他口中的兄弟俩，大哥叫大宝，弟弟叫小宝，他们同住在一个小区。大宝从小到大学习成绩都很好，后来考取省城211名校，毕业后通过地方统一招考成为国企干部，成家立业后喜得龙凤胎，可谓人生赢家。小宝从小学习成绩不是很好，勉强念完普高，后来成为一名长途货车司机。不幸的是他的儿子患上了先天性心脏病，需要手术治疗。面对高额的医疗费用，加之他常年在外跑车，夫妻感情日渐疏远，小宝的爱人在婚后第四年选择了和他离婚。离婚后，小宝变得更加自卑，很长一段时间他把自己锁在房间里，要么整天望着天花板唉声叹气，要么就是上网和陌生人聊天。哥哥大宝一直都很关心弟弟，但弟弟心眼比较小，总认为哥哥是来看他的笑话的，所以每次哥哥到他家里他都是摆出一副冰冷的面孔。

哥哥心疼弟弟，害怕这样下去弟弟会憋出病来，这个家就彻底垮掉了。他决定拯救弟弟，于是他想通过假扮网友来接近弟弟。后来的日子里，哥哥重新注册了QQ账号，决定把自己变成"知心大姐"，目的只有一个，就是设法接触弟弟，并加他为QQ好友。很快他加上了小宝的QQ号，并在闲聊中取得了他的信任。在网上，"知心大姐"的暖心话语渐渐温暖了小宝受伤的心灵，后来"知心大姐"成为小宝最信赖的人。

哥哥决定趁热打铁，于是他又把自己"包装"成有钱的爱心人士，并在网上给小宝留言，告诉他愿意出钱为他的儿子治病。小宝对"知心大姐"的话深信不疑，再三表示儿子的手术费算是向"她"借的，等有钱了一定还上。小宝还提出请求，希望能与"知心大姐"见上一面。哥哥当然害怕自己的身份暴露了，于是灵机一动编了一个谎话，说自己在很远的地方，暂时不能见面。

后来，在"知心大姐"的帮助下，小宝儿子的手术进行得非常顺利，不久便顺利上了小学。小宝也对未来生活充满了信心，他决定发挥自己的特长开一家修车店，一边做生意，一边照顾儿子上学。于是，他把想法告诉了"知心大姐"，"知心大姐"愿意帮助他完成心愿。开店的资金很快到了位，修车店也顺利开了起来。小宝凭借着诚信经营，很快吸引了大批顾客，家庭经济条件也逐渐好了起来。可喜的是，在他开修车店的第二年，一位年轻貌美的姑娘走进了他的生活，后来他们修成正果，携手走进了婚姻殿堂。

结婚的当晚，送完客人，小宝抚摩着爱人娇美的脸庞轻声地对她说："谢谢上天把你派到我的身边，我一定会珍惜我们的幸福生活……"小宝的爱人终于忍不住了，决定告诉他一个秘密，于是顺着小宝的话对他说："小宝，你这辈子最要感谢的人是你的哥哥，没有他，我不会知道你的故事，我也不会认识你，更不会爱上你。还有，'知心大姐'其实就是你的哥哥……"听了爱人的话，小宝流下了愧疚的泪水，也是幸福的泪水！

　　漫漫人生路，悠悠兄弟情。写到这里，我又想起曾国藩的那段话："兄弟和，虽穷氓小户必兴；兄弟不和，虽世家宦族必败。"是的，兄弟情，是下雨时递给你伞的手，是烦恼时逗你开心的那张笑脸，是关键时对你的鼓励拥抱……请记住，兄弟不仅是为你庆祝胜利的人，而且是陪你共渡难关的人。

　　最后，我想说的是，永远要懂得珍惜自己的兄弟，因为不管什么时候，兄弟永远是你最坚实的后盾。

"八本三致祥"之悟

　　"吾教子弟不离八本、三致祥。八者曰：读古书以训诂为本，作诗文以声调为本，养亲以得欢心为本，养生以少恼怒为本，立身以不妄语为本，治家以不晏起为本，居官以不要钱为本，行军以不扰民为本。三者曰：孝致祥，勤致祥，恕致祥。"这是曾国藩在咸丰十一年三月十三日写给儿子曾纪泽、曾纪鸿的一封信中的一段。

　　曾国藩在这封信中，阐述了自己教育子弟离不开"八本""三致祥"的观点，教育自己的儿子要以这"八本"和"三致祥"作为自己修身治家的行为准则，这样才能让自己取得成就，家业兴旺。

　　"读古书以训诂为本。"曾国藩告诫晚辈们，读书一定要认真，弄清来龙去脉，不要一知半解，不要不懂装懂，要读懂书中的内涵，并能够用自己的语言来阐述这些内涵，这才是读书之"本"。与之相反的是，现在不少所谓的成功人士喜欢把读书多当作与人交际的资本，甚至在办公室或家中书柜里摆上厚厚的经典书籍。这些书大多不是用来看的，而是用来显摆的。更有一些人本身就腹中无物，不懂装懂，却喜欢请人代笔写锦绣文章。要知道，读书多少并非核心问题，关键是内心有无开悟，有无敬畏，有无觉醒。

"作诗文以声调为本。"曾国藩告诫晚辈们，作诗要追求气势美、声调美、意蕴美，揭示深刻的人生道理，读来朗朗上口，令人记忆深刻。与之相反的是，当今个别诗人打着创新的旗号，带着投机化、功利化的目的，将原本高贵的诗歌变得庸俗化，甚至演变成令人生厌的"口水诗"，这种诗歌何谈"声调美""气势美""意蕴美"呢？要知道，中国是诗歌的国度，作为一名诗人，应该珍惜和传承诗歌这份宝贵的文化遗产，让其在新的时代背景下焕发新的生机与活力。

"养亲以得欢心为本。"曾国藩这句话的意思是，侍奉长辈，不能够只讲给予了多少物质上的关心，最重要的是给予了多少精神上的慰藉，作为晚辈最关键的是要顾及长辈的感受，要敬着、顺着长辈，要让长辈开心。然而，不少人可能觉得顺从和给钱就是孝顺。在我看来，光是给钱、顺从只是愚孝，根本谈不上真正的孝顺。父母虽然不求儿女给他们回报，却希望儿女能够经常陪伴在身边，跟他们说说心里话。做儿女的应该多站在父母的角度考虑，满足他们的精神需求。其实，儿女最大的孝顺不是顺从，不是给钱，而是最简单的陪伴。

"养生以少恼怒为本。"曾国藩认为，"刚强是男儿立身之本"，他历来主张"打落牙齿和血吞"，一个人"少恼怒"不是苟且偷安、逆来顺受，而是告诫自己不要自暴自弃，要勇敢面对，敢于担当。与之相反的是，现在不少人一边吃着昂贵的养生食品药品，一边生着闷气。有些女性每年花几万块钱用来美容护肤，却不知道良好的心态才是最好的护肤品。我们现代人应该从曾国藩的这句话中汲取"营养"，学会放下焦虑，保持愉悦，让心灵沐浴在阳光之下。因为好心情能够调节体内的激素水平，促进血液循环，加速新陈代谢，帮助肌肤排出毒素，恢复其自然、健康的状态，这难道不是最好的养生吗？

"立身以不妄语为本。"曾国藩告诫晚辈们，做人不能够说大话、假话、空话、过头话，而要"一诺千金""言必信，行必果"。仔细分析，我们周围那些轻浮的人、自满的人、不负责任的人，往往是"妄言"的人。

"治家以不晏起为本。""不晏起"的意思是早上要早点起床，不要贪睡。因为早上阳光明媚、空气清新，人的精神也正处于最佳状态，正是读书做事的大好时光，浪费了，等于浪费自己的生命。与之相反的是，现在不少年轻人，"晚上了不起，早上起不了"，究其原因主要是手机主宰了晚上的时间。随着现代科技的飞速发展，手机被赋予越来越多的功能，不仅用于社交聊天，还可以代替电脑上网，代替电视看剧，代替广播、MP3、游戏机、相机，甚至可以代替书籍进行阅读，颇有"一机在手，天下我有"的架势。那么，熬夜的时候，大家都在做什么呢？我近日从某网站看到这样一组令人深思的调查数据：27.9%的人是在熬夜玩手机，23.09%的人在学习，13.03%的人在加班，11.33%的人是因为失眠睡不着。调查数据显示，被手机"绑架"的人数最多，因此我们应该自觉戒掉"手机瘾"，远离"手机病"，养成早睡早起的好习惯，不辜负每一天的阳光，不错过每一次的成长。

"居官以不要钱为本。"曾国藩认为，当官的人如果一心想发财，一定会以权谋私、贪赃枉法，这样不但社会将失去公平正义，而且贪官污吏最终会被社会和人民所唾弃。因此，当官的人一定要清廉，以不要钱为本。

"行军以不扰民为本。"这句话是对曾国藩治军思想的核心提炼，他的这种理论是组建军队的基础，曾国藩能在短短数年中组建起湘军，并且消灭了太平天国，与他这种用理论武装军队的思想是分不开的。因此，行军应该以不扰民为本，说的就是这个道理。

可以说，曾国藩总结归纳的"八本"是人生的"至浅而至要之道，不可须臾离者"。为了教育后辈们，曾国藩将其在双峰县荷叶堂所建的住宅命名为"八本堂"，并将其内容刻于匾额之上以示后人，以此敦促曾氏子孙牢记"八本"的要求，且坚信之，笃行之。

接下来，我们谈谈曾国藩提出的"三致祥"，即孝致祥、勤致祥、恕致祥，意思是孝顺、勤劳、宽恕可以带来祥瑞。首先，我们谈谈孝致祥。孝顺在中国传统伦理观念中历来被人们重视，曾国藩认为，孝顺是家庭祥和瑞气的象征，并把孝顺与尽忠联系在一起。他认为，自己为官尽忠，诸弟在家尽孝，可使曾家孝顺的家风转化为对国家的忠心，荫庇众民。

其次，谈谈勤致祥。同治五年（1866）七月，曾国藩在与纪泽书中说："既知保养，却宜勤劳。家之兴衰，人之穷通，皆于勤惰卜之。"在曾国藩看来，通过家人的勤劳与否可以看出一家的兴衰，保持勤劳于每一件事上，便可成就事业，为家庭保福，为自己创造成功机会。

最后，谈谈恕致祥。曾国藩进京为官以来，始终秉持"敬恕"二字，待人处事都十分圆融得体。他在《咸丰八年七月二十一日与纪泽书》中说："做人的道理，圣贤有千言万语，大抵不外乎'敬''恕'二字。"曾国藩将"敬恕"视为"能设身处地"，在待人处世上尽可达于"絜矩之道"。

曾国藩经常教导后辈们说，"孝"为家庭之祥瑞，"勤"为家兴之象征，"恕"为立德之基本。若能做到"三致祥"，便可使家道保有良好的风尚，家族也能维持长远悠久。

家风是最好的传承，是最贵的"财产"。曾国藩为传承好家风所总结归纳的"八本三致祥"，简单明了，总结了学习、生活、工作和为人处世等最基本的经验和要求，至今仍闪耀着智慧的光芒，令人深受启迪。但愿，我们今天一样能从中汲取智慧和力量，让家庭更美满，人生更欢畅！

孝友之家最长久

　　"吾细思天下官宦之家，多只一代享用便尽，其子孙始而骄佚，继而流荡，终而沟壑，能庆延一二代者鲜矣；商贾之家，勤俭者能延三四代；耕读之家，谨朴者能延五六代；孝友之家，则可以绵延十代八代。"这是曾国藩写给四个弟弟的一封信中的部分内容。写这封信的时候，曾国藩官位为二品礼部右侍郎，在朝廷里算是身份显赫。不过，他却告诉四个弟弟不要总想着做官，一定要培养和保持良好的家风，这才是最重要的事。

　　在这封信中，曾国藩列举了四种家庭：一是官宦之家，在朝为官、声名显赫，但是荣耀和名望却是转瞬即逝的，兴旺发达很多时候甚至都不能超过一代，至于二、三代，有些反而受到牵累；二是商贾之家，如果后人懂得勤俭持家，那么财富或可延续三四代人，但是如果挥霍，家庭很快会败亡；三是耕读之家，即是小康之家，如果后人朴实勤劳的话，福气可以延续五六代；四是孝友之家，这样的家庭延续的时间最长，可以有十代八代。

　　曾国藩所谓的孝是指对长辈恭敬顺从，所谓的友是指对平辈善意仁爱。他认为，一个家族的兴旺首在孝、友，只有又孝又友，家庭才会和睦。

"孝友为家庭之祥瑞。凡所称因果报应，他事或不尽验，独孝友则立获吉庆，反是则立获殃祸，无不验者。"这是曾国藩的家书里关于孝友家风的又一段十分经典的话。这段话的意思是，孝敬父母、友爱兄弟是家庭的吉祥征兆。人们常说的因果报应，在其他事上或许不一定全部应验，唯独做到了孝友，就会立即获得吉庆，反之则会遭遇灾祸，这一点是从来没有不应验的。当然，曾国藩也是孝友传家的典范。他一生都身体力行"孝"字。在京城为官时，他深知父母最担心的是自己的身体和处境，因此常常在书信中向父母报平安，并详细询问家中的情况。例如，他在信中写道："我已经吃药了，我做事情会很小心的，请父母不要惦记。"这种细致入微的关心，让父母心里有了着落。

母亲去世时，曾国藩悲痛欲绝，立即脱下官服，披麻戴孝，归乡为母守制尽孝。他原本打算守孝三年，但在朝廷的多次催促下，在至交郭嵩焘的劝说下才应命出山，临行前还特意叮嘱弟弟们先在家为母守孝。

曾国藩不仅对生身父母尽孝，对乳母也十分孝敬。在其乳母逝世后，他写了一副感人肺腑的挽联，以寄托对乳母的怀念和哀思。这副挽联是这样写的：一饭尚铭恩，况曾保抱提携，只少怀胎十月；千金难报德，即论人情物理，也当泣血三年。上联说，给吃一顿饭，尚且要记住恩情，何况乳母保抱提携，把我带大，除了没有怀胎十月，其他的和母亲没有两样；下联说，即使千金也难报答，从平常人情上说，我也该像对待母亲一样，哭泣三年（三年服丧期）。曾国藩虽为清朝重臣，但也表现出和常人一样的感情，而且非常真挚，可见其对乳母深厚的感激之情。

曾国藩还是兄友弟恭的典范。曾国藩特别重视兄弟之情，他认为兄弟和睦是家庭兴旺发达的重要因素。他常常在家信中征询父母和兄弟们的意见，以改正自己不孝的过失。比如他曾责备自己不能友爱兄弟，没有修养自己的德行，好好引导他们。在家族遭遇困境时，曾国藩决心与兄弟们同心协力，共同挽回家运。他在信中告诫弟弟们要贵兄弟和睦、贵体孝道、践行"勤俭"二字。这种团结一心、共克时艰的精神，无不体现出曾国藩对家族的深厚情感和责任感。

曾国藩经常对后辈们说，他能取得今天的成就，多赖于祖宗积累，因此他更加担忧好的家业一二代就衰败了。为了曾家的兴旺能够世代延续，他从家族战略上为子孙订立规则，要做耕读孝友之家。实际上，凭借曾国藩的巨大影响力以及对子孙后辈的感召力，后辈基本都遵从祖训，至今曾国藩后辈二三百位杰出人物，在中国不同历史时期、不同领域，为社会做出诸多贡献。

孝友传家，幸福绵长。写到这里我在想，曾国藩孝老爱弟的故事告诉我们现代人一个道理：孝友家风不仅是一个家庭宝贵的财富，更是一个家庭幸福长久的"密码"。

低调之美

　　《菜根谭》里有句话："水低成海，人低成王。"这句话的意思是，水只有往低处流才能汇入大江大海，人只有低调谨慎才能成就大业。

　　其实，低调不仅是做人的智慧，也是一个成功家庭的智慧。曾国藩家族两百年来长盛不衰，代有人才，其二百四十多个子孙后代中，无一个败家子，很大程度上靠的就是低调谨慎的家庭智慧。

　　曾国藩是一个非常低调谨慎的人。他认为，低调谨慎是为人处世的第一等功夫。他做了大官之后，他的家族中有很多人出门都坐"四抬大轿"，于是曾国藩告诫诸人："凡事当存谨慎简朴之见。"这不仅是其勤俭惯了，更是行事的一份谨慎和不张扬。在《致澄弟·鼎盛之际宜收敛》中，曾国藩又强调："吾意我家方在鼎盛之际，此等处总宜收敛，不宜过于发扬，望弟时时留心。"意思是说，一个人越是在鼎盛的时候，越是要收敛谨慎。

　　低调谨慎也是曾国藩一贯强调的治家思想，而且在他官位越来越高、名声越来越盛的时候，就越是注重谨慎收敛。因为他深知"高处不胜寒"和"功高盖主"的道理，人如果太得意了，祸事很可能马上就来了。正是靠着这份谨慎，这份不居功自傲，曾氏家族才得以长盛而不衰。

在尘世间，真正清醒的富人深知一个道理：露富必有祸殃。从古至今，因露富而带来祸患的例子屡见不鲜。相传，清乾隆年间，章丘有个财主叫马守富，土地多丰，骡马成群。这一年秋收时节，马家得了个好收成，马守富就志得意满起来。为了让别人知道他的富有，他做了一个隆重的响场，并让人在骡马上系上铃铛，这样打场时，骡马拖着碌碡来回走动，铃铛发出隆隆的响声，一定能传很远。果然，打场的声音吸引了很多人，马守富吩咐下去，凡是来看打响场的，每人给一碗粥几个馍，家里有的是粮食，不在乎这几顿饭。到了第五天，几名县役突然出现，以聚众谋反的罪名抓走了马守富。

快要问斩时，县令突然出现，告诉马守富：经过调查，只是打响场而已，案子还有挽回的余地，但是他必须为县令办一件事。原来，乾隆皇帝下江南巡游，路过章丘，县令想在乾隆路过的地方全部铺上绣金地毯……

马家不光有田产、店铺，还有几代人积攒下的一批黄金，考虑再三，为了保命，马守富只得说出秘藏黄金的地点。等马守富出了大牢，曾经的大宅早已被管家霸占，马守富全家住在柴房里，一贫如洗。

"穷不露相，露则遭欺。富不露骨，露则遭祸。言不露形，露则易失。行不露色，露则易败。"这是著名作家刘震云在《一句顶一万句》一书中的一段话。这段话告诉我们，财富应是内心的底气，而不是我们拿来招摇的资本，否则必将招致灾祸。因此，在纷繁复杂的社会中，那些懂得隐藏锋芒、保持低调的人，往往才是生活中的真正胜利者。写到这里，我想起了我的同学老杨，他其貌不扬，个子不高，说话还有些结巴。上初中的时候他留给我的印象是性格内向，沉默寡言，我唯一能记住的是他的爱心举动。记得有一次班里有一个同学把一周的饭票弄丢了，他二话没说，每天在食堂打完饭后分给同学一半。还有一次，班里有个同学上体育课时脚扭伤了，他立即背起这个同学就往校医务室跑。说实话，当时班里的同学都觉得他憨憨的，将来不会有什么出息，没想到二十年后这个憨憨的同学成为随城小有名气的企业家。

如今，老杨已经娶妻生子，但他仍然保持着低调的品行，住在随城一个十分普通的小区里。他们两口子和睦相处，女儿十分乖巧懂事，全家人都是社区志愿者。邻里间闹了别扭，大家都愿意找老杨倾诉或出面调解。在社区清扫积雪、卫生宣传、电动车整治等公益活动中都有老杨一家人的身影。老杨的女儿在外读大学，每逢寒暑假回家，便会和父母一起参加社区的志愿服务活动。

老杨家不仅在事业上取得了成功，更在生活中展现了低调与爱心，成了社区很多人羡慕的对象。老杨的爱人是一位深受患者信赖的好医生，尽管医院的工作很繁忙，但她从不以此自傲，反而更加谦逊待人。她总是热情地与邻居打招呼，积极宣传防病知识，小区居民都亲切地称她"知心大夫"。

　　老杨家非常注重家庭教育，他们相信真正的成功不仅仅是事业上的，更重要的是培养出品格优良、有爱心的下一代。因此，他们经常带领孩子下乡参与扶贫帮困等各种公益活动。

　　在生活中，老杨家始终保持着低调朴素的生活方式，从不张扬，从不炫耀。他们的家中没有豪华的装饰，却处处洋溢着温馨与和谐。周末时，一家人会一起做饭、打扫卫生，享受简单却充实的家庭时光。他们还会定期举办家庭聚会，邀请街坊邻里共度欢乐时光，这种亲密无间的氛围让人倍感温暖。

　　的确，低调的家庭蕴含着最美的情感与价值观。老杨一家用自己的行动诠释了一个道理：真正的成功是拥有一个温馨和睦的家庭，以及一颗乐于助人的心。这样的家庭，才是人生中最宝贵的财富。

第二辑

修身齐家

凡人做一事，便须全副精神注在此一事，首尾不懈，不可见异思迁，做这样，想那样，坐这山，望那山。人而无恒，终身一无所成。

——曾国藩

恒心的力量

"凡人做一事，便须全副精神注在此一事，首尾不懈，不可见异思迁，做这样，想那样，坐这山，望那山。人而无恒，终身一无所成。"这是《曾国藩家书》中的一段话，意在告诫儿女们做事要有恒心毅力，不能见异思迁，如果做这样想那样，这山望着那山高，将一事无成。

近来，通过梳理曾国藩的人生履历，我发现他在人生最重要的四个阶段都是靠着超凡的恒心一步步走向成功的。第一个是读书求学阶段。曾国藩5岁开始在私塾读书；9岁读完"五经"；15岁时可背诵《周礼》《仪礼》，并阅读《史记》；21岁开始进书院学习；24岁去岳麓书院学习，并第一次离开湖南进京赶考；25岁考试失败；26岁恩科考试失败，身无分文，一路跟老乡借钱回湖南继续复习，准备第二次进京考试；28岁他跟族人借了几十两银子，第二次进京参加考试，最终凭借超凡的恒心考到了翰林院，并得到道光皇帝的青睐和器重。第二个是仕途升迁阶段。曾国藩在30岁时第三次进京，开始为期十二年的极为传奇的京官生涯。进京为官后，他只用了七年时间就从七品升到了二品，创造了清朝的奇迹。第三个是战功卓著阶段。曾国藩42岁离京，凭借越挫越勇的恒心和毅力，历经浴血奋战终于剿灭太平天国军队，走向人生巅峰。第四个是修成正果阶段。曾国藩54岁进入人生第四阶段，当时他的身体逐渐虚弱，但德行更加深厚，令人仰慕，且对于功名已看得很淡，61岁病逝于两江总督府，为后人留下千古雄文和良好家风家教。

　　曾国藩从一个普通老百姓成为晚清第一名臣，正是缘于两个字——"有恒"。对于曾国藩来说，在做事上虽比常人更有恒心，但他也破过自己的规定，挡不住世间许多东西的诱惑，几次三番地放下手中的书，和朋友出去饮酒作乐。对于事业上的挫败，他几次差点因此懈怠，一蹶不振。但是后来曾国藩总能在生活中觉醒，因为他明白，要想成为一个真正有"恒"的人，就必须一次又一次地战胜自己。道光二十二年十月十二日，他在日记中写道："余病根在无恒，故家内琐事，今日立条例，明日仍散漫，下人无常规可循，将来莅众，必不能信，做事必不能成。"咸丰九年（1859）十月十四日，他对儿子曾纪泽说："余生平坐无恒之弊，万事无成。德无成，业无成，已可深耻矣。逮办理军事，自矢靡他，中间本志变化，尤无恒之大者，用为内耻。尔欲稍有成就，须从'有恒'二字下手。"可见，曾国藩对"有恒"二字看得极重，他经常反省回看自己所走过的路，觉得自己在"恒"上的功夫下得不够。在他看来，一个人做事无恒心是非常可耻的。

　　探究曾国藩的恒心故事，不得不提他求学与交友的特殊经历。在求学的路上曾国藩是十分幸运的，当时他的祖父在当地开办的私塾和延请的老师给他打下了坚实的根基。读私塾时，他的祖父经常教导他说"要成就大业必须有恒心"，也正是在那时，他树立了建功立业的志向，养成了坚忍不拔、孜孜进取的性格。日本著名学者、清史专家稻叶君山评论："曾国藩之家庭，整齐至极，在乡党亦有声望。彼遇太平之乱，先图一家族一宗族之安固，渐及于乡党，遂出征四方，所谓齐家治国平天下者矣。"在交友上，曾国藩慎交良师益友，他第三次入京定居后经常利用外出的机会广结豪杰益友，使他的道德、学问、事业迅速提升，他说进入翰林院后突然感觉开悟，居京十二年脱胎换骨，这里面师友的影响非常大。理学修身是曾国藩成长路上的"催化剂"，进入翰林院使曾国藩有机会直接与各路精英结识和切磋。在修身方面有两个关键人物对他影响很深，他们是唐鉴和倭仁，这两人可以说直接培育了曾国藩不骄不躁的恒心。曾国藩30岁时拜访唐鉴，请教修身之要和读书之法，唐鉴让他熟读《朱子全书》，同时向他推荐了修身养性的榜样——倭仁。倭仁比曾国藩大七岁，也居职翰林院。倭仁每天临睡前，都要对从早到晚的一行一动和一思一念认真反省，并用楷书写下札记，检讨一番。这些札记三个月装订成一册，当时倭仁已经坚持写了七年多的日记，积存三十册之多。31岁的曾国藩开始模仿倭仁写日记，一写就是三十年，直到生命的最后。曾国藩与倭仁订交后，两人终身相交于师友之间。曾国藩对倭仁的理学修养功夫很钦敬，也学他的样子写日课，彼此互相批阅日课册，共同切磋。倭仁要曾国藩"扫除一切，须另换一个人"，曾国藩"读之悚然汗下"。曾国藩对倭仁的日课册则敬畏有加，只加圈而不敢加批。他在与弟书信中称倭仁为"令人对之肃然"的"益友"。

　　曾国藩与倭仁的故事告诉我们，恒心不仅对于事业有重要影响，对于个人的成长和发展也具有积极的作用。因为恒心是一种潜在的力量，有了恒心就会拥有一种积极的心态，让人在面对困难和挫折时保持冷静和坚定。写到这里，我想起年少时用恒心挖井的故事。我出生在一个极度缺水的村子，为了能喝到水，村里的人都去打井，可是大部分人都是挖两下没水就换个地方，再挖两下，没水再换。最后，大家挖了很多井，却都无功而返。村里一个老实孩子天天在一个地方挖井，村里的老人劝他："傻孩子，别浪费时间了，根本挖不出水。"可他总是笑笑继续挖，挖了很久很久还是不见一滴水，有人笑他傻，连他自己也想放弃了。可想到要是这时候放弃，前面的努力不就白费了吗？他就鼓励自己继续挖，终于在两天后，井口突然冒出了冰凉的井水。

　　"傻孩子"挖井的故事让我坚信自己也能挖出一口井来，那年夏天放暑假了，我决定和几个初中同学在自家院子里挖一口井。那时还没有专业的打井工具，只能靠人工一锄一锄地挖，挖井这活儿一开始还比较轻松，越往深处挖越艰难，尤其是挖得深一些时，往外倒井里的土就很困难，我们就在井口搭了个像辘轳一样的架子，用绳子拴着簸箕提了土往外倒。我们顶着高温小心翼翼地挖井，就像挖地雷一般小心谨慎，因为稍有不慎，簸箕里的土就会从井口掉下来。尽管我们小心施工，还是发生了意想不到的问题，眼见井水挖出来了，可是突然井壁坍塌了，此时我们几个已经筋疲力尽，但大家都未打退堂鼓，又用两个多小时清理坍塌堆积的泥土。井里的水再次出来了，我们赶紧放下一个水桶提了一桶水上来，可是水质十分混浊，还有一股刺鼻的味道。为了弄清原因，我们几个还专门找到镇里的水管专家，最后得出的答案是水质太硬，不能直接饮用。当时专家给出的建议是，在与挖井处间隔三米开外处再挖一口井试试看。经过这么一折腾，同学们都丧失了挖井的信心。这时父亲从外面打工回来了，知道我决心要帮家里挖一口井，父亲感到非常欣慰。接下来的两天时间里，父亲先是到邻家学习挖井技术，而后带着我一门心思挖井。功夫不负有心人，在我和父亲的努力下，压水井终于挖好了。按照邻居的建议，我们将事先准备好的米石铺到井底，虽然起初打出来的水是混浊的，但没过几天水质就正常了。从那以后，我们家就吃上了清亮、甘甜的井水。

挖井的经历让我明白了一个道理，那就是做任何事情都要有恒心，不能半途而废。关于挖井，孟子曾做过一个比喻："有为者辟若掘井，掘井九轫而不及泉，犹为弃井也。"他的意思是说，做事就好比挖井，必须持续不断地努力才能见效，如果挖井挖几丈不见水就放弃，那就只能是一口废井。持之以恒，是学习意志和耐力的表现，是学习由浅入深、由表及里不断深化的条件。值得一提的是，数十年来，每当在学习、工作和生活中遇到困难时，我都会想起挖井的经历，想着想着，恒心就战胜了困难。

活在当下

　　最近，在和某大学老师闲聊时，我请教他一个问题："什么是活在当下？"他迟疑了一下回答："活在当下就是活在此时此刻。"从这个逻辑来看，当下指的是现在的时间。那么，我们该如何把握当下呢？有人可能觉得就是今天快乐就行，今朝有酒今朝醉；还有人觉得就是拼命追求想要的金钱、地位、名利，活成人上人……其实，真正的智者是有目标地活在当下，他们既有远大理想和长远规划，也能脚踏实地走好当下每一步。

　　曾国藩在给子孙后代的家训中有这样四句话："物来顺应，未来不迎，当时不杂，既过不恋。"意思是说，凡事要顺其自然，坦然面对，活在当下，不过度担忧未来还未发生的事，要心无杂念地做好眼前的事，不要去留恋和纠结发生过的事。这四句话也道出了他对于人生的四种态度：顺应、不迎、不杂、不恋。从某种意义上讲，这四种态度构成了曾国藩人生哲学的核心，也是他在人生道路上取得成功的关键。

　　随着年龄的增长和人生阅历的不断丰富，我越来越感到这四句话的智慧光芒就是从朴实的生活中绽放出来的。首先，谈谈对"物来顺应"的认识。我觉得，物来顺应是一种生活态度，也是一种人生智慧。它告诉我们，无论生活中遇到什么事物，都应该以一颗平常心去对待，顺应自然，不强求，不抗拒。"唐宋八大家"之一的苏轼真正用行动做到了"物来顺应"，在人生低谷的时候他能把苦痛的日子过成诗。一块肉、一碗羹、一杯酒之间，苦中作乐，找寻乐趣。"东坡""雪堂""赤壁"是苏轼被贬谪黄州时的三个精神象征。"东坡"代表自耕自给的务实精神。苏轼带领家人脱下长袍换上短打，在东坡上开荒种地，自称"东坡居士"。不经意间"苏东坡"之名横空出世。"雪堂"代表勤奋著述的思想境界。在黄州，苏轼既是一个平凡的农夫，又是一个善于在劳动中寻找美、发现美、创造美的大文人。在黄州，苏轼看似无所作为，其实大有作为。他默默反省自己三十年来走过的路，让"旧我"脱胎换骨成为"新我"。"赤壁"代表超逸洒脱的文学风采。在黄州，苏轼的政治生活进入低谷，精神却得到了升华，成就了许多文学名作。面对滚滚东逝的长江水，回想世事变迁，宦海沉浮，他把过往的历史和人生的感悟都凝聚在了长江之畔、赤壁之上，发出了响彻千古的绝唱。

　　苏轼一生坎坷异常，入仕四十载，贬谪十二年，却始终从容不迫。在人生的跌宕起伏之中，他遇困苦而无消沉，受贬谪而无自弃。顺境之中，苏轼淡然处之；逆境之中，苏轼也能从容自若。一生无论经历了多少变故，苏轼依然苦中作乐，寻找生活中最平凡的乐趣，寻找解脱自己心灵的途径。在海南，他写下《试笔自书》，述说着超然旷达的人生观。苏轼的生活哲学教导我们要珍惜身边的一切，用豁达的心态去面对生活的种种不如意，用感恩的心态珍惜每一个当下，让内心沉静与满足成为我们生活的底色。

接下来，谈谈"未来不迎"。未来不迎，我的理解是一种对未来的清醒认知。它告诉我们，不要过分地期待未来，更不要为了未来的事情而忽略了当下的生活。因为，未来是未知的，我们无法预测也无法控制。如果我们总是把希望寄托在未来，那么我们就可能会失去对当下生活的掌控和珍惜。在这一点上，我有过切身的体会。在进入行政单位工作后，我曾经默默在心里规划自己的职业路线，三年科员、三年副科、三年正科……结果尽管自己很努力，但因单位升职名额十分有限，我的升迁屡屡受挫。说实话，当时我也抱怨过时运不济、命运不公，甚至患上了焦虑症，为此还看过心理医生。后来，经过心理医生的悉心开导，我走出了思想的泥沼，开始关注当下美好的现实生活，现在我除了一如既往干好工作外，还利用一切业余时间培养自己的文学爱好，并制定阶段性文学小目标，渐渐地，文学爱好治愈了我的焦虑症。事后，我总结患焦虑症的原因，发现主要是自己对未来的事患得患失，甚至强迫自己一定要达到某种目标。所以，我的眼睛便总盯着虚无缥缈的未来，总是贪婪地注视着自己还没有得到的东西，这时一旦受某个因素影响致使自己的目标没有实现，自然就会陷入深深的痛苦之中。还好，我及时调整心态，以一颗平常心面对未来、笑对未来，如今我发现，快乐原来如此简单。

"当时不杂"，我认为就是一种对当下的专注和投入。它告诉我们，在做任何事情的时候，都应该保持一颗专注的心，不被外界的事物所干扰。只有这样，我们才能够真正地做好每一件事情，实现自己的目标和价值。这里我给大家分享一个我自己的故事。18岁那年，我在建筑工地当学徒，当时跟着师傅学习贴外墙瓷砖，我的身边有一个和我年龄相仿的学徒，他也是学习贴瓷砖的，比我的聪明多了，也很会处理人际关系。不过进入工地半年后，他认为师傅天天安排他筛沙、和水泥、放线，不让他动手贴瓷砖，心中不服就辞职了。辞职后，他听一个朋友说开餐馆挣钱快，他便决定开个小餐馆，可是因为不懂厨艺，也不懂管理，聘请厨师后每个月挣的钱根本不够维持日常运转，无奈之下只得关门。于是，他又想起重操旧业贴瓷砖，他决定利用人脉关系接活儿自己单干。一个月后，他如愿接到郊区私人住宅楼的装修工程。因为在工地跟着师傅贴过瓷砖，他认为贴瓷砖的活儿很简单，于是在心里想着师傅贴瓷砖的步骤干起来，结果第二天他贴上去的瓷砖就开始脱落，其中有一块瓷砖正好落在过路轿车的挡风玻璃上，差点砸中司机的头部。这样一折腾，谁还敢请他贴瓷砖，就这样他再次失业了。他开始总结自己的过失，此时他才明白，做事一定要专心致志、心无旁骛，因为只有全神贯注干一件事才能提高效率并确保事情做得好。最后，他又找到当初学贴瓷砖跟的那个师傅，跟他认真学手艺，脚踏实地干好眼前的事。

"当时不杂"还有一种更高的思想境界，那就是始终保持与世无争的宁静心。前几天刷到一位网友发布的一条解读"与世无争"的视频。他说："静中藏着一个'争'字，稳中藏着一个'急'字，忙中藏着一个'亡'字，忍中藏着一个'刀'字。这几个字告诉我们，越想争越要静，越急心要越稳，越忙越要照顾好自己，越忍越要看清事态。"网友的话让我受益匪浅，我觉得做一个与世无争的人就是要心无旁骛地做好自己，不去和别人盲目攀比，保持内心的安宁，做好眼前值得做的事情，并从中得到快乐！

"既过不恋"，我认为是一种豁达的心态。所谓"既过不恋"，意思是说，对于已经发生的事情，我们就应该努力做到不再对其留恋，因为事情反正都已经发生了，事后再留恋的话，不但于事无补，而且会凭空给自己增添很多烦恼。在这一点上，你如果探究曾国藩的中年经历，一定会从中得到很多启示。42岁以前，曾国藩已经功成名就；42岁以后，他似乎又失去了所有。那一年，他在长沙协办团练，先是得罪了绿营的协副将清德、鲍起豹，随后又得罪了整个湖南官场。不久，这位皇命在身、能专折奏事的左堂大人，差点被闹事的绿营兵打死。而同僚们却躲在一旁看笑话。不得已，他只能远走他乡，另谋出路。好在曾国藩自有他的厉害之处：皮厚（耐挫力强），"回血"快（恢复能力强）。曾国藩从不沉迷于已经过去的是非对错，尽管几起几落，身边人从未听说他有什么想不开的。细悟曾国藩的中年故事，给我的启示是：人生在世，谁都难免遇到坎儿，此时只有学会释怀才能重新开始。不走回头路，不念翻篇事。干净利落腾出心田，快乐地去耕耘未来的生活。

写了这么多，我只想说，活在当下就是最好的修行。在这个瞬息万变的时代，我们一定要有"物来顺应"的心态，学会适应环境的变化，积极面对人生中的种种困难和挫折；要有

"未来不迎"的认知，始终保持一种专注的心态，把精力集中在当下的工作和学习中；要有"当时不杂"的定力，始终保持一种自律的心态，抵制各种不良的诱惑；要有"既过不恋"的魄力，始终以一种放下的心态，勇敢地面对现实，开创属于自己的美好明天。

活在当下是一种智慧的修行，随遇而安是一种人生的境界。在时间面前，我们都是唯一的修行者，我们都在为"活在当下"修一个完美的结局。

忠诚之光

何为"忠诚"？《忠经》称："忠者，中也，至公无私。"当然，忠诚并不是抽象空洞的词语，而是一种实实在在的精神品格。

最近我在阅读《曾国藩家书》，提起"忠诚"二字，自然联想起晚清名臣曾国藩的忠诚故事。当晚清处于危难之际，曾国藩以赤胆忠心带领一批忠诚于孔孟之道的书生，招募了那些从田间地头走出来的朴实农民，他们扎硬寨、打死仗，不怕死、不畏难，经过多年艰苦卓绝的奋斗，终于打败了太平天国军队。曾国藩由此也被称为"中兴名臣"，其中最重要的精神力量就是坚守忠诚。曾国藩曾在《湘乡昭忠祠记》中回顾湘军成功的原因时写道："君子之道，最重要的是以'忠诚'二字倡导天下。每当天下大乱，无论上下哪一等人，都放纵物欲，彼此都使奸诈的手段，相互吞并，以阴谋诡计来争夺胜负。自己则想尽办法谋求尽可能的安全，而把别人置于最危险的境地。怕难避害，不肯出一点点力来拯救天下的危难。只有忠诚的君子，才奋起匡正时乱，不惜牺牲自己的利益，为天下百姓做出贡献。除去天下虚伪的恶习，崇尚朴实。自己历尽危难而不要求别人也和自己一样。为了国家，不惜抛却自己的生命，视死如归，而没有一丝一毫的畏惧。于是，感动了大家，都以他们为榜样，以苟且偷生为耻，以避事为羞。"

曾国藩的一生始终坚守忠诚本色，用实际行动追寻忠诚之光。他的忠诚故事主要体现在忧国忧民的情怀上。道光三十年（1850）咸丰皇帝即位，他即位以后的时局颇为艰难，中国近代历史上规模最大的一次农民起义正在广西地区酝酿成熟，时刻威胁着清王朝的统治。为挽回人心，渡过难关，咸丰帝颁诏求言，封章密奏，许多朝臣应诏陈言，直谏流弊，其中就有曾国藩。他当时职掌全国庶政的六部中除了户部之外五部的侍郎，因此他洞悉了清代的政情利弊、官场风习、民生疾苦与军事外交，目睹时局危急，政风颓靡，曾国藩先后上了几道条陈时务的奏疏。第一道是《应诏陈言疏》，内容大致是推荐用才之法、督官之道。在用才上，他建议在官员中树立学习风气，提高自身修养；考察官员时推荐使用"奏折"形式以方便直谏，陈述忠言。他还对官员的腐败问题发表了自己的看法，认为朝廷正值用人之际，应该设立完善的举荐制度，广纳天下英才。咸丰皇帝对曾国藩的奏折评价很高，虽然很多建议朝廷并未采纳，但是曾国藩并未因此而退却，面对当时朝廷的诸多弊病，他继续上书朝廷。后来他上书提到当时的政治、军事、社会、经济等方面的问题，一针见血指出受病之因及治理之方，足可看出他对当时的利弊都有全面深入的了解。他还提出了解决财政危机和加强武备的具体措施，他认为国家的忧患大致在两个方面：

一方面是国家可用的后备资源不足，另一方面是军队精干力量匮乏。

面对财用不足问题，曾国藩认为，应从根本上杜绝不必要的开支，其中节饷就是一项。他列举了各地军队的种种腐败状况后认为，医者在治疗痈病时，会割掉患者的腐肉使其生出新肉来，而军队中能力差、体质弱的士兵也应该适量地淘汰，再加以强化训练，这就好比忍痛割腐长新，否则无法改变武备废弛的现状。其后，他又说明了"兵贵精而不贵多"的道理。在这些奏疏之中，最重要的还是他在咸丰元年（1851）四月间所上的一道《敬陈圣德三端预防流弊疏》，率直指出，如要改变政治风气，培养有用人才，全在皇帝个人的态度。这一道奏疏，不但体现了曾国藩忠君爱国及有作为、有担当的耿直风格，也对他此后的平乱事业产生了重大的影响。

其实，"忠诚"在传统文化中是一个深厚而丰富的概念，既包含了对国家的忠诚，也涵盖了对家族、对长辈、对朋友的忠诚。曾国藩在忠于朝廷的同时，还强调对家庭的忠诚。在他的一生中，不论是对国家、对家族还是对朋友，都表现出了忠诚。他曾说："忠臣出于孝子之门。"在他看来，有对家庭的孝才有对国家的忠。所以，他一生都把坚守忠诚作为人生的价值追求，更作为立身处世的准则，不仅自己不为世俗名利所动摇，也教导子孙要做忠孝的模范，最终忠诚的品格也成就了曾国藩的事业和家庭。

在纪检战线工作，我对"忠诚"二字有更深的理解。作为纪检宣传干部，平时采访最多的人物事迹是忠诚履职的故事。

在我的记忆深处，始终装着这样一个关于纪检干部忠诚履职的故事。那是 2018 年 6 月 16 日，刺耳的汽笛声混杂着肆意的漫骂声，一次次划破夜空的宁静……在通往鄂北随县吴山镇唐王水库的山丰村限高架前，3 名镇政府工作人员与上百名大货车司机形成对峙。面对准备强行冲关的货车长龙，只见一辆汽车急速驶向道路中央，将准备冲进卡口偷运砂石的车队逼停。这位关键时刻敢于豁出命来的年轻人就是我的同事王士鹏。"大家经常把忠诚履职挂在嘴边，在我看来关键时刻豁得出去、敢于拼命就是忠诚。"听闻这件事，当地纪委领导不由得赞叹道。

提及王士鹏豁出命来阻挡偷运砂石车队一事，当天与他一同巡查的镇领导说："没想到一名挂职干部身上会有这样一股拼劲！"据当地镇干部介绍，司机们感到白天路上查得严，他们便改变策略，在夜间行动。那天晚上，有急红了眼的司机打着刺眼的远光灯，加速直冲过来，试图通过威吓逼开王士鹏的车。面对危险，卡口前的王士鹏没有退缩，最终直冲过来的大货车在距离不足两米的地方骤停下来。跳下车，司机气得直跺脚："真是一根筋，干吗这么拼命！"王士鹏与随行工作人员耐着性子向司机们宣讲国家环保政策，劝大家返回，直到清晨六点天色大亮，大货车全部返回后，王士鹏才与其他工作人员返回休息。

忠诚是人生的本色，是成就事业的重要品质，是穿越时空的璀璨光芒。相信在新时代，忠诚之光也一定会照亮我们的奋进之路，因为我们都是忠诚的追光者！

日记里的启示

我对曾国藩的最初了解源于他写的一篇关于为人处世智慧的日记。他在日记里这样提醒自己："多躁者必无沉毅之识，多畏者必无卓越之见，多欲者必无慷慨之节，多言者必无质实之心，多勇者必无文学之雅。"这段话的意思是说，性格急躁的人一定没有成熟稳重的见识，怕这怕那的人一定不会有卓越的远见，欲望过多的人一定没有慷慨大方的操守，喜欢侃侃而谈的人一定缺少实事求是的精神，勇力过盛的人往往无法兼有文学的风雅。

曾国藩的这五句话浓缩了他毕生的生活经历、人生体验和处世之道等。比如，"多躁者必无沉毅之识"这句话就是他为官后的深刻体悟。其实，曾国藩早年在京城为官时，眼界并不宽阔，眼里容不得沙子，脾气还很暴躁。有一次他跟湖南老乡、同为官的郑小珊共事，因意见不合吵起来，隔着桌子就要动手，被大家拉开后还指着对方的鼻子破口大骂。这让身边的朋友开始疏远他。后来成为湘军统帅的曾国藩，手握重权，掌管湘军大小事务，眼界狭隘的他看不惯地方官员贪腐、散漫的作风，上下不齐心，人际关系很糟。后来经历三次战败，三次自杀未果后，曾国藩痛改前非，性格也变得刚柔相济，最终在官场站稳脚跟。

"多畏者必无卓越之见"这句话是曾国藩从军营中领悟到的智慧。作为政治家、军事家的曾国藩深知战士打仗必须具备一种不惧艰险、不屈不挠的精神，有了这种精神才能在战场上建功立业。正因为有了这样的认识，曾国藩作为湘军的主要领导者带出很多名将。比如"润帅"胡林翼，他在战场上的表现总是令人钦佩，多次取得关键性战役的胜利，展现了出色的军事才能和坚定的信念。还有骆秉章，作为湘军的一员，他既是一位英勇善战的将领，又在湖南巡抚的职位上为湘军的建立提供了关键支持。这些将领的奋勇作战，为湘军的威名增光添彩，也为清朝的稳定立下了不朽的功勋。当然，还有左宗棠，他是晚清的重臣和民族英雄，他在镇压太平天国运动中的英勇表现，尤其是收复新疆等壮举，令人赞叹不已。

"多欲者必无慷慨之节"是曾国藩进京为官后的大觉醒。曾国藩28岁考中进士后，就留在翰林院任职。当时的翰林院是清朝培养官员的重要机构，一些考得好可又暂无合适岗位的考生，都会留在翰林院继续深造；考试排名靠后的则会被派到各地担任知县等职务。在翰林院事务不是很忙，所以曾国藩就成天交朋结友，乡友、学友、僚友，你来我往，聚在一起，抽烟品茶、吃饭喝酒、下棋评诗、吹牛海侃，甚至谈女人、聊荤段子，整天飘飘然。长此以往，曾国藩就觉得这样的生活只会让自己离当初的志向越来越远，有违考取功名的初心。为了改掉身上的这些毛病，曾国藩立志改过自新，下定决心每天通过记日记，对自己的言行进行检查、反思，以纠正自身的不良习气。但在改过自新过程中，虽然决心一再下，行动依然如故，不认真落实、不谨言慎行、不改过自新，这让曾国藩深为苦恼，更加痛恨自己。比如，有一次北京连续两天刮大风，街上很少有人串门走访，曾国藩在家觉得无事可做，心生烦躁，日记也写不下去。这时，曾国藩的父亲给他来信，嘱咐他节欲、节劳、节饮食。他才猛然警醒，深悔自己身上的毛病太多，习气大坏，这样下去，原来所立的大志、所做的努力都将付诸东流。在上下求索、痛定思痛后，曾国藩给自己定下了十二条戒律（主敬、静坐、早起、读书不二、读史、谨言、养气、保身、日知其所亡、月无忘其所能、作字、夜不出门），并且告诫自己："从此谨立课程，新换为人，毋为禽兽。"

"多言者必无质实之心。"曾国藩尤其看重这句话，因为这句话是他用教训换来的。曾国藩早年为人耿直，说话总是直来直去。他考上太学后，同事见面，醉酒后惹怒了同乡郑小珊，郑小珊对他破口大骂。咸丰皇帝下令征求意见时，曾国藩给皇帝写了一份奏折，说自己毫无价值，差点被皇帝关进监狱。可以说，曾国藩前半生饱受不会说话之苦。中年以后，曾国藩痛定思痛，给自己定下了"六不说"的规矩，即不说直话、不说闲话、不说怨话、不说狂话、不说胡话、不说恶话。清末，局势动荡，曾国藩和很多贵族都有书信往来，书信中曾国藩从不提政事，保住了自己的声誉和前途。

"多勇者必无文学之雅。"这句话是曾国藩分析湘军将士缺少文化涵养而产生的忧虑，虽有些片面，但也反映出曾国藩渴望培养文武兼备军事人才的强烈愿望。他认为，尽管勇敢是将士的一种可贵的品质，但仅有勇敢而缺乏文学素养就会显得粗鲁和粗俗。因此，他非常重视军队的思想政治文化建设。为提升将士的军事文化素养，曾国藩把军队的训练分成了"训"和"练"两个部分。所谓"训"，就是"训话"，也就是思想政治教育。所谓"练"，就是练习军事技术。"训"和"练"相比，曾国藩更重视"训"。每逢三日、八日，他就要把军队召集到操场上，用"杀身成仁，舍生取义"的孔孟之道和尽忠报国的岳飞精神激励将士，教育他们忠君爱国，严明军纪，不得扰民。除了宣讲之外，他还亲自编写了《爱民歌》，采用民歌歌谣的方式进行爱民教育，这是曾国藩的一大发明。建立了这样的思想政治教育制度，湘军就和以往的军队有了本质上的不同，这也是后来湘军取得胜利的关键原因。

　　以上是我对曾国藩日记里五句话的浅薄认识，抚古思今，我深感这五句话如今仍闪耀着智慧的光芒，可以说为我们现代人提供了一面审视自我、提升自我的镜子，也让我们在人生的旅途中不断反思、不断进步，成为更加优秀、更有社会价值的人。尤其是在当今快节奏、高压力的生活中，我们很容易陷入急躁、畏惧、贪欲、多言和有勇无文的陷阱。我们只有认识到这些人性的弱点，并努力加以克服和修正，才能不断完善自己，提升自己的综合素质，在人生的道路上走得更加稳健、更加高远。

　　从曾国藩的故事中走出来，我开始阅读曾国藩的所有日记，并反省自己的言谈举止，决定向曾国藩学习，养成写日记的好习惯，如今这个习惯我已坚持了十余年。反观写日记带来的变化，我深感日记这个看似简单的记录工具实则蕴含着无限的力量，它不仅是时间的见证者，更是心灵的倾听者与导师。当我拿起笔将日常的点滴、内心的波澜倾注笔端时，我已获得了心灵的成长。在日记中，我学会了诚实勇敢地面对自己。如今，无论是成功的喜悦还是失败的苦涩，我都能毫无保留地倾泻而出，这份真诚与坦然让我更加清晰地认识到自身的优点和不足，理解自己的情感与需求，从而在心灵成长的道路上更加坚定与从容。

笨功夫也是硬功夫

如果你问我在人生中有没有一个人或者一句话给我力量，我的答案是"有"，那个人就是曾国藩。他说："唯天下之至拙，能胜天下之至巧。"这是一个笨人的哲学观，也是给我无穷力量的一句话。我承认自己是一个笨人，所以对成功的笨人格外崇拜。曾国藩无疑是历史上一个成功的笨人，他笨拙的坚持让我明白，所谓的捷径其实就是笨拙的坚持。

如果一件事你做了六次，最终全都失败了，你还会坚持吗？你会不会觉得这种坚持是毫无意义的？曾国藩的故事告诉我，坚持就是胜利。他从 14 岁开始，历经七次考试，徒步五千余里，到 20 多岁时才考中了秀才，就是这样一个人却实现了立德、立功、立言，成为当时成就最高的人之一，是孔子、王明阳之后的半个圣人。曾国藩成功的背后的秘诀就是：以拙胜巧。

曾国藩为什么这么笨呢？有历史学家分析认为，这与他的家庭遗传因素有一定的关联。曾国藩的父亲曾麟书读书也很笨，他从十几岁开始参加院试，前后考了十六次，直到 40 多岁才考中秀才。在当时，没考中秀才的读书人被称为"童生"，是社会上的嘲笑对象。曾麟书40多岁了还在考秀才，每次去看榜，都会成为众人的笑柄。

曾麟书、曾国藩父子两人一起连续落第，这让他们成为当地一对"新闻人物"。人们提起这对父子，最爱说的一句话就是"祖坟没冒青烟，你怎么折腾也没用"。每一次考试，对曾麟书、曾国藩父子来说，都是一次非常痛苦的经历。因为笨，曾国藩从小就是一个很自卑的孩子。在曾国藩第七次考秀才的时候，他的父亲曾麟书终于考中了秀才。这一年，曾麟书已经43岁。老曾家五六百年来，终于破天荒出了一个秀才。曾国藩说，五六百载曾无人与于科目秀才之列。父亲考中秀才后，曾国藩在大榜上找来找去，还是没找到自己的名字。原来，曾国藩的考卷被当成了反面典型，主考官说他的文章文理不通，这对曾国藩来说是一次非常大的打击。回到家后，他一头扎进书房，反思自己的问题。经过反思，曾国藩发现自己的文章过于拘谨，缺乏大局观和整体气势。于是，他开始一篇一篇地重写作文，改掉自己的毛病。第二年，曾国藩再次参加院试，终于考中了秀才。

科举考试的经历对曾国藩来说是非常好的自我教育，它强化了曾国藩愈挫愈奋的性格特点，也塑造了他独特的人生哲学——尚拙。曾国藩认为，笨拙实际上是胜过技巧的。办事要办笨事，才能靠得住。

曾国藩的父亲曾麟书除了笨，还有一个特点，就是老实。曾国藩的爷爷曾玉屏性格暴躁，经常痛骂曾麟书。曾麟书虽然老实，但也有很多可取之处，比如，他有一种超人的韧性，虽然屡战屡败，但能够坚持应试十六次之多，绝不放弃。曾国藩对他的父亲一直非常尊重，写信的时候总是毕恭毕敬。可惜的是，他一开始在北京当官，后来又在外面带兵，所以一直没能在老父亲面前尽孝。咸丰七年（1857），曾国藩的父亲曾麟书突然中风去世了，曾国藩一直对父亲心存愧疚。

曾国藩带兵打仗，打的也是"笨战"。在他看来，"笨"到极点就是聪明，"拙"到极点就是巧。曾国藩的战术方法就是六个字——"结硬寨、打呆仗"。曾国藩后来自己总结说："十余年来但知结硬寨打呆仗，从未用一奇谋、施一方略制敌于意计之外。"

曾国藩所说的"结硬寨"就是认认真真安营扎寨。他所统率的湘军打仗从不走捷径，每到一处扎下营盘之后，不管军队多么劳累，都必须首先环绕营地挖出两道很深很宽的沟，沿着这两道沟再筑起两道高墙，把自己保护起来，将进攻任务变成防守任务，一点点地蚕食着太平军控制的区域，这便是"结硬寨"。对于曾国藩而言，最好的进攻就是防守，这种做法确实极为笨拙，因为修墙挖壕是极为费工、费力的事。这样，湘军就从一支军队变成了"民工建筑队"，行起军来如同蜗牛爬行一般。湘军攻城不是两三个月，而是经常性地用时整年，通过挖壕沟围城，断敌粮道、断敌补给，必要时进行围敌打援，这就是"打呆仗"。

湘军为什么这样做呢？因为军事首重"自固"，就是先要保存自我，然后才能谈到争取胜利。太平军作战的风格和曾国藩恰恰相反，习惯于跨省大规模高速度调兵，而且善于使用计谋，经常搞围魏救赵之术，看起来非常厉害。但是结果呢？曾国藩就是这样用笨招，以少胜多，湘军在人数上一直远远少于太平军，但是最后却一点点地把几十万太平军"吃掉"。因为即便再聪明，如果不谨慎，仍会犯错误。曾国藩就把握住一条：我用最稳妥的办法，等你犯错误，你一犯错误，就把你"吃掉"。就这样，太平军常常连湘军的面都见不上就被湘军无死角碾压。

相比打仗的"守拙"，曾国藩为官也靠"笨功夫"实现连连晋升。他的升迁之路速度极快，十年时间里七次升迁，连跃十级，而这背后的秘诀其实就是下足"笨功夫"。进京为官后，没有人脉背景嘴又笨的曾国藩只能靠勤奋立足，考上翰林院后，他每天都要读书写字，就算聊天也要拿个本子把给人启发的话记录下来，这一坚持就是两年。两年后的一天，皇帝宣布要举行一场重要考试，考得好的可以升职，考得差的要受罚。考试时所有人都特别紧张，曾国藩也一样。考试结束后，曾国藩赶紧和友人们对答案，结果发现自己犯了个大错误，试卷上竟然有个词用错了。那天夜里，他彻夜未眠，还在日记里骂自己愚笨，骂自己不配留在翰林院。但出成绩后，曾国藩却是二甲第一，原来他每天坚持写作，文章写得流畅通顺，和同考者拉开了不少距离，考官和皇帝看了他的文章都觉得特别舒心，甚至都没看出他文章里犯的错误。

著名作家刘震云在《一句顶一万句》中有这样一句话："世界上有一条大河特别波涛汹涌，淹死了许多人，这条河叫'聪明'。"一次，他在接受记者采访时说："知道自己笨的人是世界上最聪明的人；认为自己聪明，是世界上最笨的做法。"曾国藩自小就知道自己比别的孩子笨，所以他一直在努力让自己变得聪明。因为笨，他坚持读书和写日记，这也是我们现在所说的"好记性不如烂笔头"，从道光二十四年（1844）起，他在担任京官期间，不管政务多么繁忙，仍坚持"每日临帖百字，抄书百字，看书少亦须满二十页，多则不论。虽极忙，亦须了本日功课，不以昨日耽搁而今日补做，不以明日有事而今日预做"。在统率湘军与太平军作战的日子里，虽然军务烦冗、日理万机，他也坚持记日记、写家书和读书笔记，每天将自己从起床到睡觉，事无巨细逐一记录在日记中并以此检查自己的行为。他不仅记录下来自己看，还邀请亲友们点评，把自己的缺点和改正缺点的过程，完全暴露在众人眼前，让大伙儿一起监督他。

因为知道自己笨，所以在待人上他变得更加拙诚。他一生做事从来不绕弯子，不走捷径，总是按最笨拙、最踏实的方式去做。学习如此，打仗如此，待人更是如此。曾国藩说："纵人以巧诈来，我仍以浑含应之，以诚愚应之；久之，则人之意也消。若钩心斗角，相迎相距，则报复无已时耳。"曾国藩这段话的意思是说，纵使别人都对你使心眼，你要坚持假装不知道，一直以笨拙、真诚来回应他；时间长了，他也不好意思和你要心眼了。如果你也和他钩心斗角，两个人进入恶性循环，那事情只能会越来越坏。在官场中，曾国藩对左宗棠提携颇多，但左宗棠并不"服"他。左宗棠比曾国藩只小一岁，但曾国藩统领湘军时，左宗棠只是个幕僚。左宗棠在给曾国藩的信里却不肯自称"晚生"，只署"愚弟"，他的傲气，让两人关系逐渐恶化。后来，曾国藩奉命处理"天津教案"，对洋人态度软弱。一向主张对外强硬的左宗棠拍案大骂曾国藩，曾国藩表示"永不说话"，二人断交。

恰在此时，一纸家书传来，父亲去世，曾国藩启程回家，为父亲办理丧事。父丧忧居期间，曾国藩几经反思他与左宗棠的关系，觉得自己在对待他的态度上颇有不妥，应该向左宗棠道歉。他相信，只要自己有足够的诚意，终究会让左宗棠解开心结。很快，他写了一信，让弟弟曾国荃过目并转交给左宗棠，因为他知道左宗棠与曾国荃平日关系要好。尽管此信原文没有在曾国藩的集子中查到，但由左宗棠在咸丰八年（1858）四月二十六日给曾国藩复信中的这般言辞，即可体察相关情形："沅浦（曾国荃）递到手书，敬悉近状之详，喜慰无似。不奉音敬者一年，疑老兄之绝我也。且思且悲，且负气以相持……望人恒厚，自愧殊疏，则年过而德不进之征也。来书云晰义未熟，翻成气矜，我之谓矣。"

面对曾国藩的主动示好，左宗棠也做了自我"检查"的回应，这样，两人间的关系得以改善，或谓其"交欢如初，不念旧恶"。曾国藩去世后，左宗棠写了一副对联："知人之明，谋国之忠，自愧不如元辅；同心若金，攻错若石，相期无负平生。"以此表达自己对曾国藩的敬仰和钦佩。

曾国藩的笨拙与坚持对我而言，是一种深入骨髓的启发。阅读曾国藩的故事，我联想起自己的笨拙经历，不由得心生感慨。记得小时候，有一次我和同龄小伙伴相约到一座山林里玩，当时我们经过双方父母允许，说好一边玩一边等父母砍完柴回来接自己回家，因为当时双方父母都在同一座山林里砍柴。和我一起玩的小伙伴很淘气，也非常聪明，他觉得随父母来过几次，对这片山林地貌比较熟悉，等到天色稍暗的时候，小伙伴没等到他的父母来接他，便再也按捺不住性子了，于是自作主张，循着山路往家里赶，结果一不小心摔下山崖，摔断了一条腿，落下终身残疾。而我知道自己愚笨，于是老老实实在原地等父母来接我，那晚尽管等父母等到很晚，但安全回家了。

因为知道自己笨，我坚持深耕自己，专注做好每一件事情。当兵时，我以"笨鸟先飞"的韧劲获得了国家级厨师证书；因为笨，我苦练文字本领，连续两年获得全军优秀士官，荣立三等功。生活阅历告诉我，笨人有笨人的办法，以不变应万变面对工作，迎接挑战，笑对生活。但见身边不少聪明人兜兜转转，偏偏遇着人算不如天算，变了千遍也是白变，反而最终成为失败者。

在部队工作时，我曾以记者的身份采访过和我一样笨的文艺兵，她的奋斗历程至今令我难忘。她的名字叫李俊琛，采访时，她对我说，正是因为年轻时的笨拙与坚持才成就了自己的舞蹈梦。她给我分享了她追逐舞蹈梦想的故事。那是1954年冬季的一天，年仅13岁的李俊琛看完一场爱国电影后，毅然决定报名参军，当兵的强烈愿望让她只身挤进了应征的队伍。她应征的是当时享誉盛名的西北野战军战斗剧社，当听说司令员是驰骋疆场的贺龙时，她感到一种莫大的荣光。好不容易到了报名地点，轮到她面试时，主考官照例让她念报纸上的一段文字，这时她傻了眼，念一句就有好几个字不认识，吭哧了半天也念不下来。主考官在一旁也是干着急，就凭这样的成绩，想当文艺兵就等同于搬着梯子上天——没门，这一点她心里是清楚的，但是她不能说服自己放弃当兵的念头。主考官转动着眼珠子反复打量着这个面目并不清秀，文化底子也不好，更没有什么特长的农家女孩，似乎在提示她当兵没戏了，但她仍然没有放弃当兵梦，在主考官告诉她她没有进入复试后，她说什么也不肯离开考场，一个劲儿地在那儿哭泣。也许是她的诚心打动了主考官，也许是她的倔强改变了主考官对她的印象，主考官最后接纳了这个他们一开始并不看好的小女孩。

穿上军装了，李俊琛对着镜子左照右照，偷偷乐开了花。她当兵的消息，用不着喇叭喊，早已传遍了全村，能当上一名解放军女战士，这在村子里也算是个不小的新闻。可是没过多长时间，烦心的事情就来了。进入西北野战军战斗剧社后，她才知道搞文艺是需要形象的。她感到自己天生愚钝，相貌平平，个子不高，身材不好，声音也没什么优势，当主持人和演戏都轮不到她。天生爱好舞蹈的李俊琛多次请求剧团领导让她加入剧团舞蹈队。舞蹈队长见她诚心想学习舞蹈，便对她说："我给你一个月的时间，如果你能跟上舞蹈队训练节奏，就同意你留在舞蹈队，否则只能脱军装了。"

就这样，在西北野战军战斗剧社的少年艺术队里她迈开了第一个舞步，作为一个只有十三四岁的娃娃兵，她并不知道什么是舞蹈，更不知道何为艺术，在她心里只打定一个主意，怎么也不能脱掉这身好不容易才穿上的绿军装！就是这么一个简单而又朴实的信念，让她此后的工作有了动力，即便每天反反复复地练习劈叉、压腿，既乏味又苦累，她还是坚持了下去。她说："跳舞的腿应该又细又长，我的腿又短又粗，在舞台上需要很强的弹跳力，要跳得很快，我的腿实在是跟不上，这是最痛苦的事。"所以李俊琛很少睡懒觉，每天早晨天还没亮她就起来练功了。

"先天不足后天补，笨鸟就要先飞。"这是她的座右铭。为了和其他战友站在同一条起跑线上，舞蹈队规定大家每天踢腿一百下，而她每天起码踢一千下。练习虎跳，许多女孩不敢练横着翻跟头，她不怕，"噌"一下就过去了，当时老师感到挺惊讶：这个孩子还真是可造之才啊！她也在心中一直勉励自己，一定要努力当一名合格的舞者。

尽管她很努力，可还是比别人慢了一拍。当身边的队友陆陆续续登台表演的时候，她却只能站在幕后悄悄地看着，那时，她多么渴望能够走上舞台，哪怕是比别人慢了也好。

有志者事竟成。坚持"吃小灶"使她的舞艺渐渐提高，她的进步是有目共睹的。比如，她被从很多人中选出跳当时较难跳的《海盗》舞，这是她跳的第一支舞蹈。后来学跳苏联《集体农庄》舞，在舞蹈中她可以轻松自如地扮演男生。不久，她终于有了登台表演的机会。

俗话说："台上三分钟，台下十年功。"李俊琛在台上的"三分钟"比别人付出的努力要多出好几倍，因为她明白勤能补拙，要想上台，就得练出别人跳不了的、难度大的动作。就这样，她以优异成绩结束了舞蹈适应期，如愿跟着部队四处演出，从北京到西安，又从西安到成都、重庆，让她开阔了眼界，逐渐领略了舞蹈艺术的魅力。后来，她创作出享誉海内外的舞蹈《洗衣歌》，并荣获全军多项大奖，该舞蹈表演多年，经久不衰。

勤能补拙，勤能胜天。曾国藩"天下之至拙，能胜天下之至巧"的哲理名言，李俊琛"笨鸟先飞"的执着坚持，都在告诉我们一个道理：笨功夫也是硬功夫，真正的聪明是笨拙地坚持。

让自己成为"发光体"

"轻财足以聚人，律己足以服人，量宽足以得人，身先足以率人。"这是曾国藩的传家家训。意思是说，不看重钱财可以集聚众人，约束自己可以使人信服，放宽肚量可以得到他人的帮助，凡事率先去做则可以领导他人。这四句话简洁而深刻，浓缩了为人处世的大智慧，我从中感悟到的是为人处世的"四道亮光"。

一是"聚人之光"。曾国藩认为，轻财重义，众人就会聚集在你身边，如果自己太看重钱财，将利益全部捞入自己的腰包，他人得不到一点好处，自然会离你而去。有了这样的思想认识，曾国藩在招募湘军时不仅给予了官兵丰厚的报酬和奖励，还给予他们晋升和发展的机会。他还经常用自己的私房钱来补贴湘军的生活和装备费用，有时甚至把自己的俸禄拿出来捐献给湘军，这样做不仅使得湘军士气高涨，而且使得湘军忠贞不贰。所以，曾国藩身边当时聚集了许多贤才良才。其实，历史上因轻财而聚才的典型很多。了解《水浒传》的人都知道，梁山一百零八将以宋江为首，为何他能得到众人的推举？论智，他不如"智多星"吴用；论勇，他不如"豹子头"林冲。但他乐善好施，仗义疏财，凡有江湖好汉来投，一律收留，故被江湖人称为"及时雨"。这些年，我结识了不少成功的企业家，我感到他们身上都有一个共同点，那就是深谙"轻财"之道。我始终记得一个企业家在纪念公司成立二十周年大会上所讲的两句话。他说："财聚人散，财散人聚。"这八个字道出了轻财与聚人的关系，值得领导者深思。

二是"律己之光"。自律，指在没有人监督的情况下，通过自己要求自己，变被动为主动，自觉地遵守法度。其实，曾国藩年轻时也不够自律。更令人无法想象的是，他还有很多粗鄙的旧习：懒惰、贪色、妄语。为了克服懒惰习性，他坚持每天读书，几十年如一日，从来没有间断过，不管时间早晚，身体如何，心情怎样，风雨无阻。为了改正自己贪色的恶习，他决心写日记，将自己每天的过失记录下来，用来警示自己，避免以后再犯。为了改正自己妄语的毛病，他采纳了老师教给他的方法——静，从此每天静坐一小时，自我审查、自我反思，感悟人生，最终改掉了自己妄言的毛病。

提起"自律"这两个字，现在有许多年轻人并不在意，当谈论成功时，他们往往首先想到的是"努力"和"奋斗"这样的字眼，而忽略了"自律"这个因素。我认为，自律才是成功的关键，不自律，即使这个人多么有才华也难以成功，只有自律的人才能行稳致远。在自律方面，一代伟人毛泽东堪称榜样。毛泽东爱抽烟，几乎到了烟不离手的地步。重庆谈判期间，一次他和蒋介石单独会面时，又习惯性地点燃了一支烟。但他很快意识到蒋介石不抽烟，于是当即掐断了手里的大半截烟头，并且在以后的每次会面中，再没有抽过烟。他能如此自我约束，自我克制，蒋介石很是吃了一惊，并且隐隐觉得毛泽东有千军万马都难以撼动的坚定毅力。

鲁迅是一位文学大师，更是一个自律的人，他小时候读书很用功，曾因给病重的父亲买药而上学迟到，受到了老师的批评。鲁迅没有做任何解释，回到座位，在课桌的右上角深深地刻下了一个"早"字，从此再没有迟到过一次，这就是自律！

现今，一个人要想成就一番事业，同样需要自律。若不自律，很难成功。几年前我的一个同学靠着自己多年的努力打拼，在一个小城市开了一家货运公司，但是公司经营不到两年便亏空了，就是因为他有钱后不是把心思放在公司发展上，而是整天琢磨着怎么挣快钱，于是渐渐迷恋上了赌博。他不仅自己赌博，还经常领着公司员工赌博，结果不仅害了自己，也害了员工，公司最终因赌博欠债无法运营而倒闭。

三是"格局之光"。当读到曾国藩"量宽足以得人"这句家训时，我脑海里立即闪现出一个词：格局。何为"格局"？就是指一个人的眼光、胸襟、胆识等心理要素的内在布局。格，指人格；局，指气度、胆识。曾国藩认为，放宽肚量便会得到他人的帮助和尊重。曾国藩确实是一个有大格局的人，太平天国覆灭后，清廷认为南方民乱基本平定，故调曾国藩北上剿捻。因为捻军擅长游击战，和太平军的战法不同，湘军一时不适应，打了好几场败仗。曾国藩的学生李鸿章当时任江苏巡抚兼署两江总督，在两江一带当上了老大，年少气盛，傲气十足，公然讥刺湘军打仗不行。而后曾国藩打了胜仗，给朝廷的奏折中这样写道："臣不敢以一战之功，遂自忘其丑陋。"这句话的意思是，臣子惭愧，不敢因一次战斗的功劳，就忘了以前打的败仗。李鸿章拿来曾国藩的奏折一看，感叹老师的教养好，自惭形秽，从此再也不敢讥刺曾国藩了。

曾国藩的肚量还体现在对湘军的管理上，他在管理湘军时，不仅重视下属的能力和贡献，还重视下属的个性和情感。他对有过失的下属，不轻易惩罚，而是对其进行教育。他还经常与下属沟通交流，听取下属的意见和建议。这样做不仅使得湘军信任他的领导，而且拥护他的决策。

一个有格局的人，能够营造出和谐、融洽的人际关系，吸引更多的人与他交往。这就好比在一个团队中，成员之间可能会因为工作方式或观点的不同而产生矛盾，领导者若能以宽广的胸怀包容这些差异，协调各方关系，便能使团队更加团结，发挥出更大的潜力。我想这就是为人处世有格局的魅力。

四是"表率之光"。曾国藩认为，凡事率先垂范则可以领导他人。曾国藩在指挥湘军时，不仅制定了明确的目标和策略，还经常给予下属鼓励和表扬，激励下属奋发图强，这样做不仅使得湘军崇敬他的勇气，而且使得湘军效仿他的行为。1860年8月，太平天国军队占据了长江中下游地区，当时所有湘军将领都建议曾国藩去后方指挥军队，但曾国藩却坚持坐镇前线，与士兵共进退。在接下来的十个月里，因为太平军听说曾国藩竟在前线，好几次都冲进了湘军的营地，曾国藩三次死里逃生。不少下属劝他撤出战场，但是他仍然坚持亲临战场。由于曾国藩的身先士卒，将士们很受鼓舞，人人奋勇争先，最终取得战争的胜利。可见，统帅身先士卒对于一支军队的重要性。当然，对于现代企业管理来说，领导者身先士卒也非常重要，领导的率先垂范有时直接影响着团队成员的表现。一个愿意冲在前面、勇于承担责任的领导者，一定能够激发团队成员的勇气和热情，使他们愿意为了共同的目标而努力奋斗。因此，作为领导者必须时刻保持积极进取的态度，勇于面对挑战和困难，让自己成为"发光体"，用自己的行动去激励和引导团队，只有这样，企业才会蒸蒸日上。

"轻财、律己、量宽、身先"这八个字高度浓缩了曾国藩的处世智慧。我想做到了这八个字，你一定能在纷繁复杂的世间让自己成为"发光体"，照亮自己也照亮别人。

从贫穷委屈中站起来

对于贫穷与委屈的理解，曾国藩曾说过这样的至理名言："受不得穷，立不得品；受不得屈，做不得事。"意思是说，忍受不住穷困的磨难，就树立不起高尚的品格；忍受不了委屈的生活，就成就不了伟大的事业。

曾国藩为什么会说"受不得穷，立不得品"呢？这与他的家世不无关系。曾国藩出生于一个普通耕读家庭，从小就尝到了贫穷的滋味，老家腌制的苦菜梗是曾国藩童年时期难得的美味。早年他进京赶考的路费，都是东拼西凑的。曾国藩当官后十分关心百姓的疾苦，自身也一直保持勤俭朴素的生活作风，直到去世，他的全部家产也不足一万两纹银。他死后没有给子孙后代留下多少物质财富，倒是给他们留下了数量可观的书籍。曾国藩为什么乐于过"穷"日子呢？因为他深知，穷能磨砺人的心智，让人保持清醒。

曾国藩的清贫故事，让我联想起自己的贫困经历，不由得心生感慨。可以说，贫困是我儿时的生活常态，我们家有五口人，父母和我们兄妹三人，等到我们兄妹三人上学时，家里只有父亲一个劳动力。当时父亲在邻村的一个榨油坊当工人，每个月的收入勉强能支撑一家人的日常开销。母亲那时一直被病魔折磨着，需要长期服药治疗，父亲一年挣的钱有一半要拿出来给母亲买药。当时，尽管家里生活条件艰苦，但我们兄妹三人都很懂事，也很团结。一到寒暑假，我就带着两个妹妹到山里挖药材卖钱，一边挖药材一边唱歌，那时流行什么歌我们就唱什么歌。唱歌给了我们自信和取悦自己的快乐，所以我们兄妹三人在贫穷的生活中依然保持乐观向上的心态。

一个假期下来，我们兄妹三人靠挖药材基本上赚够了学杂费。后来，母亲的甲亢和高血压更加严重了，由于家境贫寒，父亲的那点收入无法支撑兄妹三人同时念初中，作为家里的长子，思来想去，我主动提出早点出去打工挣钱贴补家用。就这样，初中毕业后我便进入建筑工地做小工。两年后，母亲的病情有所好转，我也盼来了当兵的机会，在父亲的支持下，我报名参军了，如愿成为西藏某部战士。进入部队后，我认真学习，刻苦训练，努力工作，成为部队里的业务骨干，顺利留队转为士官。当兵十六年后我脱下军装，成为一地级市报社记者，再后来成为一个行政单位的一名宣传干部。现在想想，一路走来，我在与贫穷做斗争中不仅收获了成长，还结交了许多和我一样与贫穷做斗争而永不服输的人，我们相互鼓励，成为一生的知心朋友。贫穷的日子也让我明白一个道理，受得了穷苦，才有机会出人头地，才有可能成就一番事业。

与贫穷相比，更难熬的是委屈。委屈像吞了玻璃碎片，满口鲜血却吐不出来。面对委屈，曾国藩说："受不得屈，做不得事。"这句话饱含他许多鲜为人知的曲折经历。就拿征战沙场来说，当时晚清太平天国愈演愈烈，曾国藩奉命平叛，但是朝廷军队难堪大用，曾国藩决定建立一支新军。他满腔热血来到长沙，命驻守长沙的绿营军队与新招募来的乡勇一起训练。乡勇都是乡下人，自然不怕苦。那些绿营士兵可就不一样了，他们常年养尊处优，根本无法承受曾国藩的训练强度。为了抵制曾国藩，他们将斗争的矛头对准了乡勇。绿营和乡勇之间，经常爆发械斗，甚至曾国藩这个二品官员，差点就要挨兵痞的刀，情急之下躲到巡抚骆秉章的住处，才得以幸免。这可以说是曾国藩此生的奇耻大辱，他说自己是"打脱牙，和血吞"，并把原本给咸丰帝告状的折子撕掉，带领乡勇离开长沙，前往衡州，建立了一支一万七千人的团练队伍，这就是后来威震天下的湘军的雏形。

面对委屈，在当时晚清动荡的时局下，曾国藩不得不以"忍"行事。一次，一个和曾国藩有过矛盾的御史当众给他难堪。他不仅将曾国藩大骂一顿，还翻旧账，且言语尖酸刻薄，大有故意找碴儿的意思。在这种情况下，周围的人都担心曾国藩会被骂得失去理智，一时失手做出什么惊人的举动。到时场面一旦失控，就将无法收场。出乎他们意料的是，曾国藩自始至终面无表情，既不回应，也不反驳。到最后，这位御史骂无可骂，只好灰溜溜地回家去了。

曾国藩受辱骂无动并不是因为他生性懦弱，爱逃避现实，而是因为他知道，对于这类辱骂他人之人，最好的反击方法，不是回骂，也不是挥拳相向，而是漠然处之，让他唱独角戏。

他认为，在特殊情况下，无声的反抗会让被羞辱者处于弱势的地位，这样既能博取他人的同情又显示出自己的大度。用沉默来应对羞辱你的人，最终的结果都是对方风度尽失，灰溜溜地落荒而逃，而你毫无损失。倘若你和他一般见识，在大庭广众之下对骂起来，那你岂不是和他一样，跳梁小丑般滑稽可笑？用沉默来对抗他人的羞辱，就好像太极中的借力打力一样，巧妙地把对方的力化解后再无声地打回去，这才是最好的解决办法。曾国藩的忍，让我们看到了他的智慧，而这种智慧更是我们现代人需要学习的。

曾国藩曾经多次告诫子孙们："一个'忍'字，消了无穷祸患；一个'足'字，省了无限营求。""和可消人怨，忍足退灾星。"可想而知，忍是一种多么重要的智慧。试想，倘若你想坚定不移地走完你的人生之路，并在最后取得辉煌的成就，那么就必须学会忍，并在现实生活中做到忍，忍有时就是离成功最近的路径。

不知为什么，提起委屈和忍耐，我的心里总有很多话想说。现在回想起来，所有的委屈都使我成长，值得我终身铭记。记得在我 10 岁的时候，一次和同村的一个小伙伴玩烟花，一不小心将村民老王家的一堆麦草堆点燃了。见火势越来越大，我和小伙伴迅速找来脸盆，拼命地从老王家的压水井里接水灭火，最终火被我和小伙伴扑灭了，可还是给老王家带来了经济损失。父亲知道我闯祸了，主动给老王家赔礼道歉，还拿钱赔偿了老王家的损失，这件事就这样了了。可是，没过多久，老王家新的麦草堆又招来火灾，而且这次不仅烧掉了麦草堆，还连带烧到了他家的厨房。尽管我对天发誓，这次火不是我放的，但是说啥老王都不信，他把火扑灭后，气势汹汹地来到我家找父亲理论，非说是我放的火，坐在我家不走，非让父亲赔钱不可。我百口莫辩，一时口快说了违心话，我说："火是我放的，就该你倒霉。"老王抓住我这句话不放，父亲只好再次赔钱息事宁人。事后，我跟父亲说："老王家麦草堆确实不是我放火烧的，你要相信我。"父亲对儿子的人品心里是有数的，那天他没有打我也没有骂我，让我直到现在想起来都心存愧疚。自此，我便很少出门，即使出门，我也避免经过老王家。此后，我们家就和老王家结上仇怨了。

　　没有干过的事情，却要自己"背锅"，刚开始年少气盛的我怎么也咽不下这口气，曾经有几次想找老王理论，都被父亲阻止了，父亲说就让这件事过去吧，老天不会亏待实诚人的。听了父亲的话，我也就从内心深处把这件事放下了。时隔三年后，事情终于水落石出。那年夏天，父亲和老王同在一条河里打鱼时，突然河里涨水，老王游泳的技术不如父亲，差点被洪水冲走，幸亏父亲发现及时救了老王一命。事后，老王对父亲很是感激，专门请父亲到他家去喝酒，父亲想着这是缓和两家关系的机会，没多想就同意了。在酒桌上，老王敬父亲的第一杯酒自然是感谢父亲的救命之恩，第二杯酒是感谢父亲的实诚大度。老王告诉父亲，原来，那次放火的"元凶"找到了，那人不是别人，就是自己的儿子。父亲回家后给我讲，老王也是过后才知道麦草堆是自己的儿子玩擦炮不小心点燃的，当时碍于面子，没有勇气向我们承认错误，就这样，这口"黑锅"让我们家一直背了下来。父亲讲到这里，特意叮嘱我不要去找老王家的麻烦。其实，在我的心里这件事已经过去了。从这件事上，我看到了父亲的宽容大度。事后，我想，生活中遇到委屈并不可怕，可怕的是你甩不开委屈的枷锁，甚至被这种情绪死死缠绕，整日郁郁寡欢。

写到这里，我想说，贫穷不可怕，心穷才可怕；委屈也不可怕，抱怨才可怕。在这个充满变数的世界里，我们每个人都可能面临贫穷、委屈和挑战，但正是这些经历，塑造了我们的品格，磨炼了我们的意志。

最后我想说，当你遭遇贫穷时，请你相信，你现在的贫穷在不久的未来会变成一道光照亮你的财富路；当你遇到委屈时，也请你相信，你吞下的所有委屈终将喂大你的格局。因为，一个从贫穷和委屈中站起来的人，最终一定能成为生活中的强者、智者。

顺境逆境都是人生

"少年经不得顺境，中年经不得闲境，晚年经不得逆境。"这是晚清第一名臣曾国藩在岁月沉淀中获取的智慧，也是其家族兴旺延续至今的"密码"。

曾国藩的人生"三境"告诉我们：少年时期应该在逆境中磨砺自己；中年时期应该保持警醒，不断追求进步和成长；晚年时期应该学会调整心态，以乐观的态度面对生活的种种挑战。

试想，人生在世，谁不愿意少年得志、中年得愿、晚年得意呢？但人生就是一场修行，有苦就有甜，有起就有落，这是生存的法则，也是人生哲学。在人生各个阶段，我们不得不面临不同的挑战，只有从容面对人生中的挑战，才能活出精彩的人生。

品读曾国藩的人生"三境"，自然也想起自己的人生经历来。我对"少年经不得顺境"这句话是有切肤之感的。直到现在，每当回忆起少年时光，我的脑海里都会浮现当时的迷茫、无助。记得上初中的时候，我得了一场怪病，现代医学称它为黄水疮。疮主要长在腿上和头上，时疼时痒，非常难受。医生说这个病没有传染性，但是那个时候也没有什么好的药物可以医治，父亲带着我到省市大医院都治疗过，但效果甚微。当时同学的家长害怕我的病有传染性，就不让自己的孩子和我交往，为了防止传染，上学时我被老师安排坐到班里最后一排墙角位置。因为自卑，上课时我从不主动举手回答老师提问。这种自卑性格直到上初二才得以转变。记得初二那年春节走亲戚，听到亲戚家收音机播放的单田芳的评书《水浒传》，感觉声音非常独特，故事也很好听，一下子就被深深吸引了，于是开始赚钱买收音机。妹妹为了帮我购买收音机，利用一个暑假到山上和我一起挖药材，暑假后我终于有了人生第一部收音机。声音的世界里充满美好与新奇，尤其是从电波里传递的文学作品让我痴迷。渐渐地，我成为文学爱好者。那时我还多次给湖北广播电台主持人写信分享收听广播的感受，偶尔会听到广播里播放我写给电台的信件，当时很有成就感。这种感觉是从寂寞的世界里找到的，至今想来还很留恋。后来，我的病还是用从广播里听到的一个中药药方治好的，所以至今我仍对听广播有着特别的偏好。

　　病治好了，我的成长之路又遇到第二道难关。1997年，初中刚毕业的时候，母亲得了严重的甲亢，卧病在床，父亲在邻村一个油坊里工作，根本没空顾及家事。为了能早点挣钱减轻家庭负担，我决定放弃读师范学校的机会。辍学后我跟着叔叔去建筑工地上做小工，每天可以挣十七块钱，用于补贴母亲的医药费和两个妹妹的学费。那时，在寂寞和空闲的时候，我就听收音机。一次听到部队招兵的消息，我的梦想一下子被点燃了，当兵去！这三个字在脑中不停地闪动。18岁那年，我毅然报名参军。谁知那年报名参军的青年特别多，能穿上军装的青年在整个镇上不足十分之一，我也落选了。当时心情非常沮丧，我整日埋着头搬砖，可以说对未来丧失了信心。当时有不少工友安慰我说："小伙子，你还年轻，来年再报名参军也不迟。"其实，我也是这样想的。

终于熬到了第二年冬天。那年，我的老家长江流域遭遇百年不遇的特大洪水，我亲眼看见了解放军不惧艰险不怕牺牲帮助家乡抗洪抢险的场面，于是想成为一名解放军的愿望更加强烈了。说实话，为了当兵，我确实想了不少办法，甚至想到了走捷径。于是，我用在工地上打工积攒的钱买了两条名贵香烟，决定托人打通关系，结果香烟没送出去，当时心情非常沮丧。一天晚上下了工，我看见工地附近邮局有个邮筒，我突发奇想，何不给管征兵的领导写一封信来表达参军的意愿呢？我在心里暗想，或许这是最后一线希望。说写就写，我立即到文具店买了钢笔和信纸，借着工地微弱的灯光，我第一次给一个在电视上才能看到的大人物市武装部政委写信，我把当兵的愿望和头一年没有如愿进部队的心情统统写在信中。第二天，正好赶上工地休整，我兴奋地骑行几十公里赶到武装部。到武装部后，我犯难了，因为武装部是军事重地，实行军事化管理，一般人根本进不去，怎么办？我急中生智，巧扮修理工，终于混进武装部办公楼，然后按办公楼前的导引图找到了武装部政委的门牌，于是飞快地上楼，结果又傻眼了，政委的门紧锁着，这可怎么办？我只好将信从门缝中塞进政委的办公室，记得当时我还在信中我的名字处按上了血手印。为什么要按血手印呢？我真实的想法是血手印既可以表达自己参军报国的志向，又能够吸引政委的注意。更巧的是，当时自己的手指在搬砖时确实受了点伤，将计就计，就这样在信中按上了血手印。

武装部执勤的战士最终还是觉察我的行踪不对劲，于是叫住我进行盘问。我告诉那个战士说，我是来找政委的。还好，战士看我手里没拿什么可疑的东西，教训了我两句就放我走了。

第二天，这封信果然被政委看到了，后来在政委的亲切关心下我顺利接到了入伍通知书。令我没想到的是，在我接到入伍通知书的前夕，政委特意找到我说："小黄！现在西藏有一批接兵的，几天后就可以入伍，你愿意走吗？"我的回答非常干脆："报告政委！只要能穿军装，去哪儿都行。"就这样，我顺利去了西藏拉萨，成为一名光荣的驻藏兵。

在雪域高原，经过三个月的紧张新兵集训，很快迎来激动的新兵下连时刻。下到连队时，新兵都不愿到炊事班工作，当时兵站领导也准备让我当文书，当我知道当时老兵退役后炊事班留守人员比较少，连队的食宿接待工作又很重后，我主动要求到炊事班工作。刚到炊事班时，我做的饭菜不是夹生便是口味不好，为了做好饭菜，我虚心向老班长请教烹调技术，还自费购买了《烹调知识手册》《面点制作》等书籍。经过大半年的摸索和实践，我做出的饭菜终于赢得了汽车部队官兵的称赞。2000年3月，汽车部队抵达兵站食宿。此时，适逢老班长休假还未归队，我自告奋勇挑起了炊事班长的担子，早春三月，高原的天气仍然十分寒冷，为了让汽车部队官兵吃好饭、喝上一口鲜美的热汤，我每天提前两个多小时起床，夜里加班加点择菜、切菜，我带领大家铆着劲干了几个月，这一年炊事班荣立集体二等功。

都说众口难调，我认为众口虽难调，但并不是不能调，要想把饭菜做得称"百人心"，先得摸透"百人心"。我先从了解汽车连队官兵的生活习惯入手，每次开饭都在饭堂里仔细观察大家吃饭的表情，课余时间还主动到连队里征求意见，新兵来了我就逐个问，了解他们爱吃什么，不爱吃什么。慢慢地我掌握了连队来自东南西北兵的口味，在心里建立起了一本"口味账"，做饭时也就有了谱。为照顾不吃辣的同志，在放辣椒之前先盛出一些。夏天凉拌一些清新可口的凉菜。汽车兵劳累后就注意变换食品花样，备一些开胃增食欲的葱、蒜和小咸菜。有时兵站或汽车兵有病号，我便请教医生，看病号吃什么饭合适，给消化不良的同志吃稀粥，给肠胃不好的同志做青菜和烂熟的食物。2001 年，部队提倡高质量饮食接待，我利用平时积累的炊事工作经验，立足高原连队的实际，自创了高原滋补鱼火锅、鸡火锅、羊肉火锅、藏红花蒸鸡蛋、方便面扣肉等，并根据连队官兵消耗热量情况自创了既营养又科学的各种滋补鲜汤，受到汽车部队官兵欢迎。

入伍后，因工作需要，我先后放弃了两次休假机会。2003 年夏季，是我当兵的第五个年头，当年连队接待任务相对较轻，终于可以休一次假了，这是我第一次回家探亲，兴奋得好几夜没睡着觉。经过几天几夜，我终于到家了，回到家后亲朋好友都纷纷来看望我，家人打开我的提包一看，除了两包在路上没吃完的点心外，剩下的都是烹饪专业书。在炊事班我最大的成就是到地方正规烹饪学校学习了厨师技能，拿到了国家级中餐厨师证，并光荣加入了党组织，后来还不停追逐自己的文学梦想，成为青藏线军旅作家。

每当回望自己的军旅路时，我深感于"少时经不得顺境"这句话，当兵不仅是我人生路上一段难得的经历，更是宝贵的财富。这段经历不仅培养了我的逆境思维，更锤炼了我战胜逆境的斗志。

俗话说，"铁打的营盘流水的兵"。2014 年冬季，34 岁的我脱下心爱的军装，从高原部队转业回到鄂北随城，成为一名普通的公职人员。

人到中年，往往是事业和家庭压力最大的时期。很多中年人会感到身心疲惫，对生活有种无助感。我的中年就经历过一段迷茫期。从部队回地方工作后，一切都归于平静，按说这是最幸福的时刻，但生活的航船有时往往会在风平浪静时左右摇摆。我想，我的迷茫归根结底还是由于精神空虚，这正印证了曾国藩的那句话："中年经不得闲境。"我的"闲"不是无事可做，而是忙着做"发财梦"。那是 2016 年前的一天，我吃完饭路过一家彩票店，突发奇想想买一张彩票，号码就用了我的生日，彩票开奖了，我居然中了五千元。我立马去彩票店兑了奖，等钱拿到手里的时候，感觉整个人都有点飘，我从没想到花两块钱买一张彩票能换这么多钱，这感觉实在是太美妙了。后来，我被这个喜悦给冲昏了头脑。从那时起，我就成为"彩迷"，刚开始只要手里有点零钱就去买彩票，后来就算借钱也要去买彩票。那次中奖后，我特别相信"财运之神"，于是我把父母、爱人、女儿、儿子的生日都当作彩票的幸运密码，可是分文未中。每次没中后说实话我都有点后悔，但是内心始终潜藏着"下次会中"的念头，所以一次次这样安慰自己，一次次加大资金投入，结果买了两年彩票把多年积攒的钱全部用尽。这时父亲的哮喘病突然加重，最严重的时候还进了重症监护室。正是在父亲住院的日子里，我面对急需用钱的窘境这才幡然醒悟。是的，一分钱难倒英雄汉。没钱，找亲戚朋友借去吧，一来羞于出口，二来怕吃"闭门羹"，但后来没办法我还是厚着脸皮找一个朋友借钱了，当我开口说要借五万元钱时，朋友愣住了，说我工作了这么多年怎么连五万元也拿不出来，后来朋友说他手头紧，但我开了口，他出于老交情借给我两万元，剩余的三万元是妹妹拿给我的，这才让我渡过难关。

　　父亲出院后，我发誓不再买彩票。后来，我还结合自己买彩票的经历写了一篇散文《我和彩票的故事》，希望以我的个人经历告诉彩民朋友一个道理：买彩票不是投机发财，而是支持公益事业，绝不能让它成为生活的负担。有不少彩民看了我的文章后，给我留言说受到了教育，对买彩票有了更理性的认识。可以说，彩票给中年的我上了深刻的一课，它让我深深懂得"中年经不得闲境"的道理。

　　从彩票误区走出来后，我又开始拿起笔认真写作，积极工作。此时我感到，中年不仅是一个重要的年龄段，更肩负着重要的社会和家庭责任，绝不能因压力大而逃避责任，甚至放纵自己。我想，中年的各种忙碌才是人生常态，中年阶段只有忙起来才更有意义，因为在就业压力大的情况下，忙说明你正在被需要，被社会需要，被家庭需要，这是好事。细想一下，中年人，哪个不是一手牵着未成年的孩子，一手搀着年迈的父母。我们哪头都不能丢下，我们需要工作，需要打拼，需要金钱的支持。人到中年，也是我们成就自我最为关键的时期，闲下来反而会被边缘化。作家李娟说，再颠簸的生活，我们也要闪亮地过啊！这句话特别适合中年人，你说呢？

蓦然回首，我早已过了不惑之年，但个人的心智与文化不高的父亲相比还有一定差距，父亲的中年时光被永远也忙不完的庄稼活儿占据着，所以中年的父亲几乎没有负面情绪，这也为他晚年自信的心态打下了坚实的思想根基。父亲虽然不懂什么叫"晚年经不得逆境"，但是父亲明白做人不能跟生活较劲，更不能跟自己较劲，要学会随遇而安。他经常对我说，顺境逆境都是人生，都要笑着活下去。所以，父亲在村里有个非常出名的外号，叫"笑师傅"。

晚年，父亲的身体状态如滑滑梯般迅速地往下滑。父亲明白，过了70岁后本来就是血雨腥风的晚年了，可再经不起逆境了，所以父亲每天总是以乐观的心态面对生活，尽量避免逆境的出现。晚年的父亲在两件事上是最明白的，第一件事是尽力带好孙子孙女，因为这是他进城生活后最大的使命。"使命"这两个字是父亲说的。他经常对我说："在老家我的使命是靠种地养活一家老小，进城后的使命就是帮衬着带孙子孙女，为子女分担生活忧愁。"父亲虽然读书不多，但对孙辈的教育却有自己的一套理论。他说："隔辈亲，亲在心；隔辈亲，是非分。"所以父亲在带孙辈的过程中总是保持严管与爱护相济。当我和妻子严加管教子女时，父亲会以我们的方式为主，并和我们站在同一条战线，之后还会默默给孙辈们讲道理，尽量让一家人其乐融融。

第二件事是尽力让自己开心。近几年父亲的哮喘病越来越严重了，但是父亲心态很好。他经常对母亲说："村子里和我得了一样病的人很多十年前就走了，幸亏儿女们孝顺才幸运地活到现在，活到今天早就赚了。"去年，父亲的哮喘病反复发作，住院成为"家常便饭"。父亲病倒后，母亲束手无策，焦虑不安，遇到心情烦闷的时候，也会在父亲面前发牢骚说："老头子，早死早投胎，看着你不死不活样，我心里更难受……"说着，母亲就会抹起眼泪来，过了不到两分钟又对父亲说："现在世道这么好，有吃有喝的，还是活着好，身边有个出气的总比没有好……"母亲的焦虑我自然是知道的，我只怪自己工作太忙，陪伴父亲的时间少之又少。父亲却很乐观，每次母亲说丧气话的时候，父亲都会笑着说："我的生死我做主，谁说了也不算。"

其实，在这个世界上，母亲是最害怕失去父亲的。每次父亲病重需要住院治疗，母亲总是慷慨地将她存钱最多的一张存折拿出来交给我，再三叮嘱我，一定要给父亲请最好的医生治疗，不要怕花钱。我对母亲说："儿子有钱，这张存折是你们二老生活的底气，你自己一定要保管好。"每次住院时母亲的心总是吊在半空。她曾说："平时最讨厌老头子的鼾声，老头子住院后最想听见的却是他的鼾声，只要听到这鼾声就感到他快出院了……”

　　父亲晚年虽疾病缠身，但他的生活没有丢掉快乐的音符，他每天生活很有规律，上午一边在家吸氧，一边看看电视、听听音乐；下午出去晒晒太阳，和老头们聊聊天；晚上还会翻翻文学书。父亲总是力所能及地提高生活质量，让自己开心，也让家人开心。

　　这就是我的父亲，一个把顺境逆境都当作宝贵人生经历的老人，一个值得我学习的人。其实，仔细想想，每个家庭都会有顺境逆境，只要一家人不惧苦难，团结一心和睦相处，那么逆境也会化作顺境。写到这里，让我们再次回味曾国藩的这句名言：“少年经不得顺境，中年经不得闲境，晚年经不得逆境。”愿我们都能从中汲取智慧和力量，勇敢地面对人生的每一个阶段。在未来的日子里，愿我们都能更加从容地迎接人生的挑战和机遇，永远不迷失于顺境、不困顿于闲境、不畏惧于逆境。

大处着眼，小处下手

　　曾国藩做事的一个方法值得现代人学习，那就是"大处着眼，小处下手"。曾国藩曾说："军中阅历有年，益知天下事当于大处着眼，小处下手。""大处着眼，小处下手"这八个字在曾国藩治理国家、整顿风气时切实发挥了重要作用。

　　大处着眼，意思是指做人要眼界开阔，思考问题要有全局意识，以看到事物的全貌和发展趋势。为谋求国家富强，在晚清处于内忧外患的局势下，曾国藩始终从"大处着眼"关注国家兴衰、民族存亡的大局，积极倡导洋务运动。在洋务运动中，他开创了中国当时多个"第一"。在与太平军作战时，曾国藩出于实际需要，多次奏报朝廷，请求开办兵工厂。1861年秋天，在经过朝廷同意后，曾国藩终于在安徽安庆开办了中国第一家兵工厂——安庆内军械所。虽然安庆内军械所规模不大，但依然生产了不少具有里程碑意义的产品，如中国第一台蒸汽机、中国第一艘蒸汽轮船。除了安庆内军械所，曾国藩还与李鸿章一起，创办了中国规模最大的兵工厂——江南制造总局，并第一个派人（容闳）到外国购买成套"制器之器"。19世纪60年代，绝大多数人依然沉浸于"天朝上国"的迷梦中，对外界一无所知。早在 1860 年，曾国藩就在一份奏折中提到："目前资夷力以助剿、济运，得纾一时之忧。将来师夷智以造炮制船，尤可期永远之利。"这是说，购买洋枪洋炮来帮助进剿太平军，只能缓解一时的忧患；只有将来学习利用洋人的技术来制造大炮和轮船，才能收到长久的利益。基于此，1871 年 8 月 19 日，曾国藩联合李鸿章联衔会奏《拟选子弟出洋学艺折》，请求朝廷以官方的名义，派遣一批幼童到美国留学。1872 年 8 月 11 日，第一批留美幼童启程。最终，共有 120 名中国孩子远赴美国留学。他们之中走出了铁路工程师詹天佑、开滦煤矿矿冶工程师吴仰曾、北洋大学校长蔡绍基、清华大学校长唐国安等一大批栋梁之材，不少人成了洋务运动的中坚力量。

曾国藩不仅善于从大处着眼，更坚持从"小处下手"。"小处下手"，意思是指做事要把握细节，不要眼高手低。他认为，只有把每一件小事都做好，才能够积累出成功的大事。于是，他坚持"从我做起"，提出了"日课十二条"，也就是每天坚持做十二件小事，包括写大字、写日记、读书、记笔记等。长期的坚持不仅培养了曾国藩思考问题的能力，更培养了他的细节意识，为他日后事业发展打下了坚实的基础。

"小处下手"不仅表现在曾国藩的自我要求上，还体现在他对团队管理的各个方面。比如，在湘军管理中，有一件事是曾国藩非常重视的，那就是扎营。曾国藩要求扎营的流程必须是先挖沟后筑墙，再设障碍物，而且沟的形状必须是上宽下窄的倒梯形，深度规定在一丈五尺以上，数量为两道或三道。另外，把沟挖完了以后接着要筑墙，墙高八尺，厚一丈，最后还要在壕沟外边设障碍物。据说，曾国藩在扎营方面是下了死命令的，绝不允许士兵简化扎营程序。所以，后来曾国藩总结打仗经验时说："治军总须脚踏实地，克勤小物，乃可日起而有功。"这句话的意思是说，带队伍一定要一步一步地从眼前的日常小事做起，日积月累，最终就能见到显著的成效。

左宗棠初次来到湘军大营，观察军中诸事，看来看去，发现曾国藩都是做些小事，比如亲自点兵、检阅、挖壕……左宗棠不以为然，觉得曾国藩"短才"。但是，最终打败太平军的就是曾国藩持之以恒做的细微小事。

写到这里，我想，面对如今纷繁复杂的社会，我们更应该深刻领悟曾国藩"大处着眼，小处下手"这句话的真谛，做到凡事从大局出发，从细处入手，积小胜为大胜，一步步抵达人生的高峰。

意志与成就

"坚其志，苦其心，劳其力，事无大小，必有所成。"这是晚清第一名臣曾国藩留给世人的一句励志箴言。这句话告诉我们，只有拥有坚定的意志、刻苦的精神和不懈的努力，才能成就美好的人生。

"坚其志"，铁骨傲苍穹

一个人如果没有坚定的意志，就很容易被外界的诱惑和困难所动摇，从而放弃自己的目标。曾国藩深知这一点，他的一生都在为国家的繁荣富强而努力奋斗，从未动摇过自己的信念。正是因为有着坚定的意志，他才能在政治风波中始终保持清醒的头脑，在艰难困苦中保持坚忍的斗志。

在历史的长河中，立志为国的忠臣不胜枚举，他们无一不是凭借坚定的意志成为世人追崇的英模，明朝大臣杨涟便是其中之一。这位出生于我的家乡鄂北随州广水的明末谏官，用坚定的意志和爱国情怀挺起了万千知识分子的脊梁，为随州的历史文化书写了波澜壮阔的一笔！据说，杨涟年轻时就立志为国尽忠，这一志向他一生从未改变。明万历三十五年（1607），杨涟考中进士，初任常熟县令。刚到常熟，就碰上暴雨洪灾，辖内大片良田被淹，百姓生命财产安全受到严重威胁。杨涟迅速组织救灾，他亲临抗灾现场，脱掉鞋袜，披上蓑衣，踏着泥泞走乡串户，勘察灾情。在灾后重建工作中，他吸取教训，带领百姓兴修水利，加固河堤，使常熟的防洪能力有了大幅提升。此外，他还重新核实田亩，取消了各项赋税徭役，减轻农民负担。杨涟在常熟任知县五年，政绩卓著，深受百姓拥护，在朝廷的考核中被推荐为"廉吏第一"。

杨涟入仕之际，正值明末社会矛盾日趋激化之时。当时明神宗已多年不问朝政，国家形势每况愈下。明神宗驾崩后，太子朱常洛继位，是为明光宗，但他仅临朝一个月便一病不起。明光宗死后，继位的明熹宗朱由校更加昏庸无能。宦官魏忠贤与明熹宗乳母客氏相互勾结，开始独揽宫中大权，肆意为虐。各种邪恶势力也顺势巴结依附魏忠贤，结为"阉党"，致使明王朝政治更加昏暗。

在国家兴亡之际，杨涟等东林党人与"阉党"进行着殊死的斗争，成为抗击"阉党"的主流力量。天启四年（1624），杨涟以大无畏的气概，写下了一本《劾魏忠贤二十四大罪疏》，详细列举了魏忠贤擅权乱政、重用私党等二十四项罪状，希望皇帝将其就地正法。

杨涟一带头，举朝响应，弹劾魏忠贤的奏疏两天就达上百份。魏忠贤虽有些害怕，却底气十足，并不把杨涟一干人放在眼里。杨涟本打算六月一日早朝时当众上疏，但偏偏这天皇上传旨免去早朝。杨涟的命运就因为这样一个不上早朝的巧合，发生了戏剧性变化。

见皇帝未上早朝，为了尽快把奏章递上去，杨涟便想当然地把奏章交到了会极门。他本来是想让皇上早点看到自己的奏章，可是没想到奏章一进会极门就会被送内书房，然后就会被送到魏忠贤手里。魏忠贤看到后，不动声色地做了布置。魏忠贤故意安排免朝三日，等到第四天，明熹宗终于上早朝了，却不等杨涟出奏章就提前退朝了。原来，在六月三日，经魏忠贤的授意，其同党给皇帝读奏章时，已将其中关键性词句略去，把一篇慷慨激昂的奏章读成荒诞不经的谬文，皇帝越听越有气，居然责骂杨涟胡闹。

由于皇帝的包庇，魏忠贤不仅毫发无损，还反过来大肆血洗东林党，天启四年十月，魏忠贤捏造圣旨，指责杨涟大不敬，违反了人臣的礼节，将杨涟革职为民。挤走杨涟，魏忠贤仍不肯善罢甘休，必欲除之而后快，为此又精心策划，兴起大狱，诬陷其受贿，连逮杨涟、左光斗、魏大中等十七名东林党人。

杨涟被押解进京后，遭受非人折磨。五天后，他用被打得几近残废的手，颤抖地写下了两千字的绝笔书，即著名的《狱中绝命辞》。同时被害的有左光斗、魏大中、袁化中、周朝瑞、顾大章五人，时人称为"六君子"。崇祯初年，以魏忠贤为首的"阉党"被诛灭之后，杨涟冤案得以平反，赠太子太保、兵部尚书，谥号"忠烈"。昭雪后，家人去京城将槥木运回应山。后人为祭祀一代忠烈，在应山县城修建了杨忠烈公祠。

杨涟坚守正义的故事告诉我们，坚定的意志是一个人最大的骨气。换句话说，一个人只有有了坚定的意志才能不畏强敌、不惧风险。我们要学习杨涟身上那种"粉骨碎身浑不怕，要留清白在人间"的浩然正气，在追求事业发展的过程中矢志不渝地保持坚定的意志，始终为自己的目标而努力奋斗。只有这样，我们才能在人生的道路上不断奋勇前行。

"苦其心"，倾心解民忧

成功往往需要付出艰辛的努力，需要不断磨砺自己的心智，增强自己的毅力和韧性。曾国藩在为国家奋斗的过程中，也经历了无数的艰辛和磨难。但他从未抱怨过，而是将这些磨难视为锻炼自己的机会，不断磨砺自己的心智，增强自己的能力。

翻开灿若星河的中华文明史，"苦其心"、倾心为民的故事从未间断过。在我的家乡随州一直传颂着一个明朝官员倾心为民的故事，他虽然出生在随州，却不在随州为官，尽管这样，他知民疾苦、施善政的故事却在随州大地广为相传，他的名字叫童寅。童寅自幼聪颖，喜欢读书，小小年纪便志存高远。在学校课堂上，他经常侃侃而谈自己的理想抱负，对老师也特别尊重，颇得老师和同学的喜爱。永乐元年（1403），湖北乡试，他以优异成绩得中举人；第二年进京赴考，他又以超凡的才华赢得皇帝赞赏，高中进士。初入仕途，童寅便被授予浙西监察御史一职，负责监督浙西赋税的征收工作。这对于一个刚刚踏进官场的毛头小子而言，其实是件非常棘手的事。

浙西本是江南富庶之地，当地很多大户人家，家财万贯，良田千亩，每年纳税近万两，是朝廷的纳税大户。但在当时，很多地主、豪绅与地方官员相互勾结，虚报纳税基数。为了完成税收任务，一些地方官员将各种赋税徭役转移到普通百姓身上，穷苦人民的日子越来越难过，却有苦难言，无处伸冤。

童寅到任后，迅速着手整顿这种乱象，惩办了一批贪官。安排胥吏，进驻各县，专职负责资产清查工作，如有不配合者立即上报朝廷。鉴于他的坚决态度与强硬作风，绝大多数地主人家都能够积极配合童寅的清查工作。大批贪腐官员也随之浮出水面，童寅一一造册建档并上奏朝廷。由于证据确凿，言辞恳切，朝廷将这些不法之徒一一法办，有的被免职，有的被降级。

自此，浙西赋税征收回归正常，百姓负担也减轻了，大家都对童寅感恩戴德。童寅也因此而受到朝廷的通报嘉奖，第二年擢升为广东道监察御史，负责巡察辖内十八个州府。尽管广东地区地广人杂，治安状况不容乐观，但童寅抑强扶弱，振肃纲纪，四年期满，令广东治内的百姓、官吏各个心悦诚服，童寅也由此闻名遐迩。此后，又改任南直隶、云南、辽东巡按，所到之处，在他的治理下，百姓皆安居乐业。

童寅一生到过很多地方做官，足迹踏遍大江南北。他曾经孤身赴辽东，负责边防战事，到任后严肃军纪，令辽东边境安宁，外族不敢入侵。此后二年，又擢升交趾按察使，永乐二十二年（1424）调任江西按察使。

由于多年来辗转各地为官，兢兢业业，日夜为百姓操劳，童寅患上了严重的哮喘，经常咳嗽不止，久治不愈。他却拖着病体，专心做事，夙兴夜寐，废寝忘食。有时尽管疲惫不堪，但他仍然坚持亲自查阅诉状，审理案件。他断案公平公正，经手的案件没有一起冤假错案。然而就是这样一位至勤至廉的好官，却难以安养天年，由于积劳成疾，童寅于宣德九年（1434）九月二十四日逝世，终年57岁。这不免令人扼腕叹息！

童寅去世之时，治内官员、百姓纷纷前来吊唁，十里长街，哀声成片，人们真诚缅怀这样一位爱民如子的好官，更为这样一位一贫如洗的清官惋惜。当地官员和百姓护送童寅的灵柩回到家乡随州，才发现他家里竟然没有一点多余的钱财，贫困得不像样子。这样"苦其心"、真为民的父母官，实在令人敬佩！

如今，虽然童寅的故事已经定格在历史深处，但仍然闪耀着人文精神光芒，对于我们普通人来说，也应该学会"苦其心"，敢于面对任何困难和挑战，勇于接受磨砺和考验。只有这样，我们才能不断获得成长和进步。

"劳其力"，勤奋不懈怠

翻看历史，我们不难发现，曾国藩从少年时期就显示出异常刻苦的品质，曾经"日诵千言，夜诵八百"，临睡前还点着灯复习课文。这种刻苦精神，伴随他一生，是他成功的重要保证。

在官场上屡经波折，曾国藩不以为忤，仍然勤勉工作，最终官至总督。在湘军中，他不因高位懈怠，仍然过着极度节俭的生活，以身作则。所以，他能带动湘军，最终消灭太平天国起义军。

除在官场上勤勉，曾国藩还在学术上勤奋不辍。他一生著书立说，将中西方学问融会贯通，为后人留下了丰厚的学术遗产。正是这些著作，使他成为卓越的思想家。可见，勤劳之人往往能发挥自己的才干，得到重用，创造卓越的成就。这正应了曾国藩"勤则有材而见用"的论断。

我们普通人，也应该学会"劳其力"。我们要像曾国藩那样始终保持勤奋努力的精神，不怕苦、不怕累、不惧难。同时，我们也要学会合理安排时间和精力，提高工作效率和质量。

最后，曾国藩所说的"事无大小，必有所成"，是指成功的信念和态度。无论事情大小，只要我们用心去做、用力去拼，就一定能够有所收获。曾国藩在为国家奋斗的过程中，始终坚持着这一信念和态度。无论面对多么艰难的任务，他都能够保持冷静和坚定，全力以赴地去完成。我们普通人，也应该树立"事无大小，必有所成"的信念和态度，认真对待每一件事情，无论事情大小都用心去做、用力去拼。只有这样，我们才能在生活和工作中取得更大的成功和成就。

第三辑

耕读传家

盖士人读书，第一要有志，第二要有识，第三要有恒。有志则断不甘为下流；有识则知学问无尽，不敢以一得自足，如河伯之观海，如井蛙之窥天，皆无识者也；有恒则断无不成之事。此三者缺一不可。

——曾国藩

读书"三有"，大器可成

一

关于读书的意义，最近网上很火的一段特别治愈的话是这样说的："没钱了怎么办？那就读书，因为书中自有黄金屋。没女朋友怎么办？读书，因为书中自有颜如玉。气质不好怎么办？读书，因为腹有诗书气自华。个子不高怎么办？读书，因为万般皆下品，唯有读书高。内卷怎么办？读书，因为读书破万卷。"

读书的重要性不言而喻，那么我们该如何读书？怎样成为一个真正的读书人？晚清名臣曾国藩给出了最智慧的答案。他在道光二十二年十二月二十日给弟弟的信件中写道："盖士人读书，第一要有志，第二要有识，第三要有恒。有志则断不甘为下流；有识则知学问无尽，不敢以一得自足，如河伯之观海，如井蛙之窥天，皆无识者也；有恒则断无不成之事。此三者缺一不可。"曾国藩的这番话道出了读书的真谛。他以自己的人生经历教导弟弟，读书一要有志向，二要有见识，三要有恒心。

曾国藩认为，有远大的志向就不会甘心于平庸卑下；有见识就知道学海无涯，不敢因一知半解而自满自足，如同河伯观看大海、井底之蛙窥测天空一样，都是无见识之人的行为；有恒心，就绝对没有做不成的事情。这三者是缺一不可的。

曾国藩提到的读书要有志，这个志指的是从书本中获取远大的志向。伟大领袖毛主席曾说，"我一生最大的爱好是读书"，"饭可以一日不吃，觉可以一日不睡，书不可以一日不读"。毛泽东的读书志向、读书精神、读书态度和读书方法，开创了中国共产党人读书治学的一代新风，也留下了许多脍炙人口的人间佳话。1910 年秋，毛泽东离开闭塞的韶山冲，走向广阔天地，他给家人留下诗作："孩儿立志出乡关，学不成名誓不还。埋骨何须桑梓地，人生无处不青山。"走出乡关，毛泽东投考湘乡县东山学校，在作文试题《言志》答文中抒发了自己立志求学的远大抱负。校长李元圃阅卷后，大加赞赏，高兴地说："我们学堂取了一个建国才。"在东山新式学堂，毛泽东开始接触新学。1912 年，毛泽东来到长沙，在湖南省立图书馆这个新的学习天地，第一次看到了一张世界大地图，惊奇与震撼之余，他知道了世界有多大、中国在哪里。

在湖南省立第一师范学校求学期间，他与蔡和森、何叔衡等志同道合，受杨昌济、徐特立等老师的进步思想影响，他们把个人的读书志向与寻找国家出路结合起来。1917 年，在《致黎锦熙信》中，毛泽东说："今人所谓立志，如有志为军事家，有志为教育家，乃见前辈之行事及近人之施为，羡其成功，盲从以为己志，乃出于一种模仿性。真欲立志，不能如是容易，必先研究哲学、伦理学，以其所得真理，奉以为己身言动之准，立之为前途之鹄，再择其合于此鹄之事，尽力为之，以为达到之方，始谓之有志也。如此之志，方为真志，而非盲从之志。"为求"真志"，青年毛泽东处处磨炼自己，或去湖南第一师范学院后山妙高峰，"静中求学"；或去长沙人声鼎沸的南门口，"闹中求静"。他与朋友们约定，不谈金钱，不谈男女问题，不谈家庭琐事，只谈人的天性、人类社会、中国、世界、宇宙等大事。

1918年，毛泽东与蔡和森等一批湖湘热血青年，建立新民学会，把"改造中国与世界"作为学会方针。他们聚集在岳麓山上、橘子洲头，纵论天下大势，讨论社会人生问题，指点江山，激扬文字，指出"国家坏到了极处，人类苦到了极处，社会黑暗到了极处"，呼吁民众大联合。为求救国救民的真理，他们组织新民学会会员去法国勤工俭学，出国"猛看猛译"。经过比较分析，终于找到了"改造中国与世界"的良方——走俄国式的革命道路。1921年，毛泽东在《湖南自修大学入学须知》中，旗帜鲜明地写道："我们求学不是没有目的的，我们的目的在改造现社会。我们的求学是求实现这个目的的学问。"

毛主席一生嗜书如命。他对书籍的酷爱已经到了痴迷的地步，甚至在逝世前，重病缠身的他还用颤抖的手在著名的二十四史之一的几册《晋书》封面上分别写下"1975.5.9再阅""1975.8再阅"等字样。

相比伟人而言，可能有人会问：我们平凡人读书的意义究竟是什么？只要我们把视野稍微打开，看看身边活得很阳光的人，就会发现读书的意义，他们大多热爱读书，读书虽然不会让他们看起来有多大的成就，但他们内心的阳光是藏不住的，他们身上的自信是藏不住的，他们身上的气质是看得见的。稍加分析，你会发现读书是无形的却又是有形的，读过的书，哪怕内容不记得，但它依然存在于谈吐中，在气质里，在胸襟的无涯与精神的宽广中，尤其在你遇到困惑时，书又是治愈心灵的良药，是向上的阶梯，是启迪智慧的良方，是唤醒心智的道场。

"物质的贫穷，能摧毁你一生的尊严；精神的贫穷，能耗尽你几世的轮回。人生没有白走的路，没有白读的书，你触碰过的那些文字会在不知不觉中帮你认识这个世界，会悄悄地帮你擦去脸上的肤浅和无知。书便宜，但不意味着知识的廉价。虽然读书不一定功成名就，不一定能让你锦绣前程，但它能让你说话有道理，做事有余地，出言有尺度，嬉闹有分寸。读书虽不是人生唯一的出路，但不读书，会挡住你很多出路。"这是北大校长严复告诫学生的话，深刻回答了人为什么要立志读书的问题，也道出了读书的意义。

二

一个读书人，除了要有志外还得有识。一个真正有学识的人才会知道学无止境的道理，才知道自己在苍茫宇宙、浩渺知识海洋中的渺小。

关于学识，著名作家杨绛说："每本书都别有天地，别有日月星辰，而且还有生存其间的多个人物。我们很不必巴巴地赶赴某地，花钱买门票去看些仿造的赝品或'栩栩如生'的替身，只要翻开一页书，走入真境，遇见真人，就可以亲亲切切地观赏一番，别说些什么'欲穷千里目，更上一层楼'！我们连脚底下地球的那一面都看得见，而且顷刻可到……尽管古人把书说成'浩如烟海'，但书的世界却是真正的'天涯若比邻'，这话绝不是唯心的比拟。世界再大也没有阻隔。而我们却可以足不出户，在这里随意阅历，随时拜师求教。"

著名诗词大家叶嘉莹说，名篇巨作所蕴含的古人的思想、情感、修养、意志，都是中华文化的瑰宝。不是要死记硬背，而是要将这些与自己的人生融汇在一起，这才是学习的真正目的所在。她说，最初在国外教书时，她的英文虽然不好，可是学生非常喜欢听她的课，这正是因为学生从诗词中感受到了生命的意义和真谛。

书中有日月，书中有天地。我始终认为，读书就是品尝别人在生活之树上摘下的果子，因为通过书本我们可以览见逝去的历史，也能看到一条通向未来的道路。好书犹如一片纯净蔚蓝的天空，一片雪白圣洁的瑞雪，它能开拓我们的视野，丰富我们的知识，陶冶我们的情操，净化我们的灵魂。在我感到迷茫时，我经常会在书海里寻找走出困惑的"解药"。我会在书里寻找古人今人与之对话，面对伟人凡人与之交谈，领悟萧伯纳的幽默、泰戈尔的深情，欣赏鲁迅的刚毅、梁实秋的洒脱，羡慕贾平凹的诙谐、三毛的自如和席慕蓉的浪漫……渐渐地，我觉得读一本好书，就等于交了一个好朋友，与好友为伍，拜中外贤人雅士，诵珠玑佳句，品智言妙喻；纵览古今天下人情世事，观五洲奇景，看异域风情，岂不乐哉！长此以往，读书的过程就成了增长见识的过程。

三

曾国藩提到最重要的一点是，读书要有恒。他说："有恒则断无不成之事。"他一生宦海戎马倥偬，但仍勤于读书，每天必做三件事：用楷书写日记，读史十页，记茶余偶谈一则。没有一日间断。他勉励弟弟曾国荃说："学问之道无穷，而总以有恒为主。兄往年极无恒，近年略好，而犹未纯熟。自七月初一起，至今则无一日间断，每日临帖百字，抄书百字，看书少亦须满二十页……"苦心人，天不负，因此曾国藩凭借自己持之以恒的读书态度成为一代名臣。

曾国藩对自己读书的要求是：不读懂上一句，不读下一句。不读完这本书，不摸下一本书。不完成一天的学习任务，绝不睡觉。他不懂什么"技巧"、什么"捷径"，这种"笨拙"的学习方式，直接影响了他做事的态度。他有一个"尚诚尚拙"的人生哲学，即"天下之至诚，能胜天下之至伪；天下之至拙，能胜天下之至巧"。他打败太平军，靠的不是机谋巧变，而是"结硬寨、打呆仗"的"笨功夫"。

为什么"天下之至拙，能胜天下之至巧"？所谓"巧"，无非是走捷径、省功夫，绕开欲成之事所需要的某些艰难。而任何事情，只要取"巧"，就有漏洞。就像你翻一片地，只有一锄一锄地把每个角落都锄到，才算真把这块地翻完了。如果你取"巧"，做表面功夫，这里留一块，那里漏一块，那么，这些疏漏掉的地方，就会长不出好庄稼。读书也是如此，只有埋下头深读下去才会有收获，才会吸收到书籍里的养分，进而转化为真正的学识。

四

耕田意味着丰收，读书意味着收获。前者可充实仓库，后者可充实大脑。曾国藩的耕读思想像一道光照亮着万千读书人。从泥瓦匠到边防军人，从新闻记者到纪检干部，读书让我有幸体验不一样的人生，收获不一样的成长。

我最早认识到读书的重要性和必要性是在我进入西藏当兵后。那是1999年新兵下连进入拉萨兵站工作不久，领导看我平时喜欢写诗，认为我很有文化内涵，于是安排我接任新闻报道员的工作。我的宣传生涯是从写一篇演讲稿开始的。那时，我在新兵连里是个出了名的"闷葫芦"，从不爱主动跟战友说话，平时有空就看看书、写写日记，读书的习惯是上初中时养成的。新兵连的那次演讲，连长共安排了三个新兵准备演讲稿，我是其中之一。记得当时我写的演讲稿叫《入伍前夜》，讲述的是入伍前夜与父亲的一段对话，饱含着内心对家人的不舍，以及父亲对我入伍后的期望。演讲稿写好后，连长大加赞赏。连长当着我们全班的面用他那浓郁的四川口音一字不漏地念完了这篇演讲稿，大家也报以热烈掌声给我鼓励。后来，我没让战友们失望，获得全团演讲比赛二等奖。

在兵站干宣传工作的其实只有我一个人，平时除了组织一些宣传活动外，多数时间用于写宣传报道。为了干好宣传工作，我一有空就抱着有关新闻写作和文学创作的书籍，一字一字地啃；每次有机会下基层，我总会揣上一个小本子，走一路，记一路，渐渐地我发现青藏线上值得讴歌的人物、事件不少，但把这些写出来，宣传出去，却没有想象的那么顺遂。

记得有一次，我用了一个多月的时间创作一首军旅长诗，结果被退稿了。当时，我虽有些气馁，但依然坚持写作，并不断向《解放军报》《西藏日报》等各大报刊投稿。写了两年，投了两年，结果都是"石沉大海"，当时我真有点想打退堂鼓了，觉得自己不是搞宣传报道的料。但倔强的我还是不甘心，因为不甘心，我坚持了下去，后来我又鼓足勇气给《解放军报》副刊寄去一篇散文《不发我也写》，在这篇散文里，我把写作的艰辛统统道了出来。没想到，几天后这篇文章见报了，成为我的处女作，这一小小的成功给了我创作的希望。

为了找到实现宣传梦想的钥匙，我报考了军队新闻报道进修学院、军地两用人才进修学院，系统学习了有关文学创作和新闻写作专业知识。渐渐地，我的新闻通讯、诗歌、散文、报告文学等作品开始见诸全国各大刊物，并获得原总后勤部第九届、十届、十二届军事文学奖以及全国十余项文学奖项，荣立三等功。

在兵站领导的大力支持下，2006 年建军节那天，我的第一部散文集《走在雪域阳光里》出版发行了，这让我更加坚定了宣传梦想。在军队的大熔炉里，笔尖上的初心伴随我一路成长。后来，我又应原总政宣传部邀请编写了报告文学集《忠诚铸辉煌》、长篇报告文学《血脉之旅》，出版了纪实文学《心路拉萨》、报告文学《雪域年华》等文学作品。

当我紧张、艰苦的军营生活走到第五个春秋的时候，母亲病重住进医院。那些天我极度伤痛，刻骨铭心地体味到"忠孝难两全"的滋味。当时正值连队上线执勤高峰期，宣传任务也进入了高峰期，此时就是有再大的事也不能离开部队，我向远方深深鞠了一个躬，希望母亲能够原谅我，然后强忍着泪水继续工作。那些年，由于我工作成绩出色，多次受到部队通报表彰。这时，女友来信说，你当兵不亏了，该得到的荣誉都得到了，可以安心退伍了，女友劝我回去筹办婚事，我也做好了解甲归田的准备。

正当我犹豫不决的时候，站长找到我，给我送来《革命英雄谱》《昆仑英豪》等书籍，与我谈了一个晚上。第二天他还带我走进西藏烈士陵园，面对群山环抱的排排墓碑，面对把青春永驻高原的战友，我的心被震撼了，我想了很多很多……于是我坚定了奋战高原的决心。

找到了初心，也就找到了根植于血脉的情感。兵站紧张繁忙的工作时常让我疲惫不堪，部队领导总在身后关切地说："小黄呀！看你没日没夜地写作，一定要注意休息，工作是干不完的，得注意调节呀！"当自己创作反映兵站官兵工作生活的作品见报时，我总会感到阵阵欣慰和自豪。

2009 年 3 月，在组织的关心下，我借调到原总后勤部文学创作室学习，我倍加珍惜难得的机会。学习期间，我始终扮演着"苦行僧"的角色，把青春飞扬的激情转化成学习的动能和燃烧的文字。

宣传岗位上的磨砺，让我成为部队业务骨干。我如愿入了党，改选了士官，当上了班长、代理宣传干事。然而，铁打的营盘流水的兵，脱下军装成为军人必须面对的选择。2014年11月25日，我的军旅生涯在圣城拉萨画上了圆满的句号。离别是终点也是起点，道路从这里中断又从这里延伸。

转业后，我成为一名新闻工作者，在部队受的锻炼让我有了干好新闻宣传工作的底气。在随州日报社工作的两年时间里，我主动要求去偏远农村、社区、工厂、部队这些最能捕捉新闻第一素材的地方去采访。农村有些地方不通汽车，我就骑摩托车前往，很多人都称我"土记者"，我觉得这个名字好，接地气，因为对土地的热爱，我成为一名优秀的新闻记者。

2017年，我被选调到随州市纪委工作，成为一名纪检宣传战线的新兵。进纪委之前，我虽有过短暂的新闻报道工作经历，按说也有一定文字功底，但写起纪检监察新闻来却无从下手，处处遇"拦路虎"，根源在于不懂"纪言纪语"，不熟悉纪检新闻写作技巧。没有捷径，唯有拼命学习，补齐纪检监察知识短板，从各种渠道偷师学法、依葫芦画瓢提高写作水平。完成学习和工作任务，对别人而言只是多花时间而已，但对我来说还需要不断征服"低原"反应，这是长期在高原生活的人返乡后必须面对的生理和心理顽疾。因为有书相伴，我最终战胜了自己。因为有书相伴，我找到了知书达礼的爱妻。我爱读书，因为读书让我人生有志、未来有识、做事有恒。每当我拿起书，内心总会感到很充实、很温暖，有书相伴的日子美好而幸福。此时，我的脑中不由得浮现出曾国藩的读书至理名言："盖士人读书，第一要有志，第二要有识，第三要有恒。有志则断不甘为下流；有识则知学问无尽，不敢以一得自足，如河伯之观海，如井蛙之窥天，皆无识者也；有恒则断无不成之事。此三者缺一不可。"

相信曾国藩的读书名言在当今社会一定会激励很多读书人，也会点醒很多读书人。

读书是成功的敲门砖

　　"一个喜欢读书的人，品格不会坏到哪里去；一个品格好的人，一生的运气不会差到哪里去。"曾国藩这句名言深刻揭示了读书人的品行与运气的关系。在当今这个信息爆炸、物欲横流的时代，我们更应当铭记这句箴言，以书为伴，修身养性，让品格成为我们人生最坚实的基石。

　　世人都知道曾国藩是千古完人，可他只不过出身农民家庭，家族中五六百年都没有出过一个读书人，而他自己天赋也并不高，但他勤于读书，不敢有一丝懈怠。正是靠着读书这块敲门砖，曾国藩愣是靠着屡战屡败、屡败屡战的毅力，一步步从秀才到进士，又从进士到翰林，最终完成人生的逆袭。

　　史书记载，曾国藩 1811 年出生在湖南湘乡一个普通的农家。曾国藩是长子长孙，家里对他启蒙很早，七八岁就跟着教私塾的父亲曾麟书读"四书"，之后，读《诗经》，学写八股文。曾国藩的祖父很看重他，赞赏他的文章有悟性，认为他以后能够光耀门楣。父亲的好友欧阳凝祉是衡阳人，在当时很有才名，1824 年，他见了少年曾国藩的八股文稿和诗作后，大加赞赏，认为曾国藩必将前途无量，于是收他为徒，还把自己的女儿许配给他。在父辈的激励下，孩童时期曾国藩的志向就是考取功名。

1826 年，曾国藩去参加长沙府童生试，名列第七。但在之后的院试中，曾国藩连考了六次都未考中。这期间，曾国藩先后去衡阳及湘乡涟滨书院学习。为了反省自律，戒骄戒躁，也为了求学能取得更大的成就，曾国藩在涟滨书院改号为"涤生"，意为涤其旧染之污，焕然新生。他在日记中写道，涤，就是洗涤，洗刷掉自己身上的缺点和坏习惯。生，就是重生，取古今第一励志奇书《了凡四训》中袁了凡先生的名句：从前种种譬如昨日死，从后种种譬如今日生。可以看到，"涤生"不仅是曾国藩在学业上对自己新的要求，更是性格养成上对自己的要求，即今日比昨日进步，一点一滴改掉旧有的毛病，颇有浴火重生之意念。后来，曾国藩当京官后，先后师从唐鉴和倭仁，践行"圣人"之道，日省吾身。以此为人生的动力，并经过名师的指点和刻苦攻读，学业果然大有长进。道光十三年（1833），22 岁的曾国藩终于考中了秀才。

曾国藩考中秀才的第二年，他前往湖南当时最著名的书院——岳麓书院求学，为这年的乡试做准备。岳麓书院浓厚的学风熏陶了曾国藩，功夫不负有心人，这年乡试曾国藩一试中举，名列第三十六名。冬天，他第一次离开湖南，上京参加次年春天的礼部会试，为实现读书人金榜题名的最高理想而奋斗。但这次会试和次年因为皇太后六十大寿加试的恩科中，曾国藩都名落孙山。

他虽然失落，却并没有放弃。他既以"涤生"为志，心境开阔，就不会为眼下的困难而困扰。这期间，他喜欢上了古文，尤其是韩愈的古文，更加体会到道德修养对做文章的重要性。不仅如此，他还穷游了江南，开阔眼界，买书回家苦读。第三次会试的时候，即道光十八年（1838），曾国藩考中三甲第四十二名贡士。这在常人看来已经是大喜事了，曾国藩却不开心，认为自己虽然是贡士，但名列三甲，按惯例不能进入翰林院，最多能当个低微文官或者偏远地区的小县令，曾国藩羞恼之下准备回家教书。曾国藩的好友郭嵩焘把他挽留下来，劝他找劳崇光想办法。

劳崇光时任翰林院编修，湖南长沙人，是贺长龄的女婿，也是当时主考官穆彰阿的门生。劳崇光为人慷慨、爱惜人才，将曾国藩的诗文抄写出来，呈送给穆彰阿。穆彰阿一开始并不欣赏曾国藩的诗文，后来却被曾国藩的执着所打动。见面交谈之后，更感投机，认为曾国藩将是国之大才，勉励他心存社稷，为国家做贡献。当时正值鸦片战争前夕，"曾子城"这个名字寓意不好，并且为了鼓励曾国藩在未来社会动乱之际成为"国之藩篱"，遂建议他将原名曾子城改为曾国藩。

在穆彰阿的点拨和推荐下，道光皇帝渐渐认可了曾国藩。在会试后的朝考中，曾国藩被皇帝钦点第二名，进入了翰林院。翰林院，是国家储备人才的总机关。清代自康熙、雍正以来，名臣大儒大多出身于翰林。曾国藩入翰林院后，志向更加远大。此时，他已摆脱了科举的桎梏，"志大人之学"，决心成为一个圣贤。他给自己定下了一条座右铭："不为圣贤，便为禽兽；莫问收获，但问耕耘。"

从曾国藩的经历可以悟出，好的立志，正是以激励孩子"成为一个更好的自己"为出发点，这样，在不同的时期，他就会有不同的奋斗目标，最后成就更好的自己。

换一个角度思考，曾国藩的逆袭首先是曾家人思想的逆袭。他的长辈虽然没有读过什么书，但他们深知读书的重要性，正是在"读书改变命运"的认知下，曾家培养出了像曾国藩这样优秀的读书人。

然而，读书并不是一件轻松事。曾国藩多次参加科举，却屡屡名落孙山。好在他从没有想过放弃，反倒是总结自己一次又一次失败的原因。直到最后他终于学有所成，顺利进入了官场。

读书，却又是一件幸运事。著名作家毕淑敏说："书不是棍棒，却会使人铿锵有力；书不是羽毛，却会使人飞翔。"2018年，马云在某电视台一档节目中说：自己高考失利，决定不再考大学的时候，偶然一个机会读到了一本励志书，这本书就是著名作家路遥的传世之作《平凡的世界》。后来这本书让他改变了想法，还是要考大学。他说："读书可能不会给你带来什么，但读书会在不经意间改变命运。"

这些年，从军队到地方，我遇到不少爱书之人，他们后来大多成为命运的强者，军旅作家王宗仁便是其中之一。王老师是我的文学启蒙老师，也是青藏线作家队伍中的佼佼者。王老师出生于陕西扶风县寒门家庭，入伍前在乡里任民办教师，他命运的转机出现在入伍后。入伍后他除了读书外，便是坚持写作。他的文学作品一大半都是记录青藏线军旅生活的。他曾经120次翻越唐古拉山，创造了一个文人、一个军官、一个作家上青藏线的最高纪录。他经常对我说："读书是一种潜移默化的作用，时间从不会亏待任何一个热爱读书的人。"

王宗仁进入青藏线后起先是当一个汽车兵，那年他刚满18岁，驾驶着一台二战后从德国淘汰下来的破旧柴油车。当时青藏线路况很差，常年覆盖着冰雪，他总是挂着低挡提心吊胆地驾驶。日复一日，年复一年，时间长得难以形容，日子枯燥无味。碰上车子抛锚，在雪山或戈壁上一待就要三五天，从日出到日落，遇不到一个可以说话的人。那时，他想得最多的是：什么时候才能离开高原？后来他找到了排遣寂寞的方法：看书。他的驾驶室的一个箱子里装满了书，它们承载着一个年轻士兵的希望。直到有一天，他拿起笔，在一摞加油卡片上写完第一个高原故事时，他才意识到，寂寞的并不是日子，而是人的心，心是满的，日子也就充实了。

王宗仁的文学梦是在故乡的黄土地上孕育，在青藏高原的冰天雪地里点燃的。在青藏高原7年，他学会了写作，从此与青藏线结下文学情缘，后来成为享誉军内外的著名军旅作家。

关于写作，王老师经常对我说，人的一生会有好多事要做，但是有一个原则不可违背：集中精力做好一件事。这就是说，要把你的满腔热情在最挚爱的事上点燃。正是凭着对文学的热爱与执着，他已创作了上百万字的作品，这些作品全部源于青藏高原，其中《藏地兵书》荣获鲁迅文学奖，受到广大读者好评。

老天偏爱读书人。在我身边有不少像王宗仁这样热爱读书和写作的人，他们的出身并不是太好，他们就是借助书籍的亮光，照亮自己的前行之路，最终成为幸运的成功者。

读书对个人十分重要，对家庭同样重要。作家林徽因出生在一个书香世家，父亲林长民是清末有名的大才子，但母亲何雪媛却不喜读书，性格也暴躁执拗。父亲与母亲虽育有子女，精神层面却相去甚远，在父亲娶了一房小妾后，两人的关系便愈加疏远。父母关系的不和谐，让林徽因的童年少了许多温暖。在那些阴郁的时光里，是读书救赎了她。识字以后，她就开始一头扎进书海。书读得多了，她也慢慢开始理解父母各自的不易，逐渐接受了自己并不完美的家庭。后来，不管人生遇到何种困境，林徽因都学会了在书中寻找答案。

1940 年，她在与丈夫梁思成远赴四川考察建筑的途中，旧病复发乃至卧床不起，是书本给了她战胜病魔的勇气；时隔一年，弟弟林恒殉国的消息传来，让她悲痛欲绝，是书本弥合了她破碎的心，让她能坦然面对离别。

成就人生需要读书，修身养性也需要读书，因为读书的人总会严格要求自己，总会趋向于书中好的一面，不自觉地把书中的道理、经验运用到生活中，素质教养也就自然而然地显露出来，气质自然也就得到了相应的提升。民族英雄郑成功的书房里挂着一副对联："养心莫若寡欲，至乐无如读书。"读书还可以帮助我们驱散迷茫，赶走烦恼，让自己不盲目、不焦虑，在读书中重塑自我，活出本真。

读书有光，未来有梦。读书越多，运气越好。如果世上有成功的敲门砖，那一定是读书。近些年，随着阅读量和人生阅历的增长，我更加深刻地理解了曾国藩的这番话：一个喜欢读书的人，品格不会坏到哪里去；一个品格好的人，一生的运气不会差到哪里去。

心灵最好的疗愈是读书

　　"千秋邈矣独留我，百战归来再读书。"百余年前，曾国藩写下了这副对联，为的就是告诫弟弟曾国荃，即便在烽火连天的岁月，也不要忘记保持一颗冷静的心去读书。

　　这副对联是曾国藩的智慧结晶。上联是：千秋邈矣独留我。曾国藩所要表达的意思是，希望弟弟曾国荃保持内心的坚定和独立，不被胜利冲昏头脑，不被外界的喧嚣所动摇。因为曾国藩写这副对联的时候，曾国荃带领湘军已攻下南京，此时曾国藩却苦心劝弟弟曾国荃回老家隐居，可想而知，曾国荃心里是极不愿意的，但他最后还是听从了曾国藩的话回了老家。下联是：百战归来再读书。其中有两层含义，第一层含义意在提醒曾国荃不要忘记湘军的本质，湘军是读书人建立起来的，这在历代军事史上都不曾出现过，有如此众多的儒生做将军在那个年代更是不可思议。过去，常有人说"秀才遇见兵，有理说不清"，可是湘军开了秀才当将军的先河。湘军建立的核心纲领就是以儒生领山农，湘军的领军人物都认为，不读书是打不了胜仗的，所以打完胜仗更要读书。正因如此，曾国藩给弟弟曾国荃写下了这副名联。其中包含的第二层含义是曾国藩自己的感慨，因为在日常生活中，他也时常会遇到困难和挫折，但是他会不断挑战自己，修正自己的人生坐标。他认为，一个人只有经历了许多磨难之后去读书才能更好地理解生活的真谛和价值。

为了全面理解曾国藩写给弟弟的这副对联背后的深意，我专门阅读了关于曾国藩家风家训方面的书籍，从书中明白了曾国藩的大智慧。智慧一：我认为曾国藩是一个懂得及时止损和审时度势的人。为什么这么说？让我们把时间拉长，回到1851年，那年洪秀全等人发动太平天国武装起义，后来曾氏兄弟创建湘军，对太平军作战。湘军最终攻陷太平天国都城天京（今南京），入城后屠杀百姓，掠夺财宝。曾国荃所得金银细软、稀世珍宝，难计其数。曾国荃的行为让朝廷很不满意，当时朝廷财政困难，指望夺取太平天国的国库来救急，而他却报告洪秀全金库已经没有金银，拒缴所得财物。曾国藩当然要比其弟深思熟虑得多，也更谙熟为臣之道。他急忙以曾国荃病情严重为由，请求将九弟开缺回籍。"千秋邈矣独留我，百战归来再读书"就是在这样的情况下，曾国藩写给曾国荃的对联。

由对联再回看晚清名臣曾国藩，读书人出身，进士及第，一介书生磨砺为二十万湘军统帅，封侯拜相，左右东南大局，而他心中却有"归来再读书"的恬静追求。他在最风光之时，拒绝了众人的游说，拒绝了曾国荃陈桥举事的鼓动，不肯自立为王，外人不解，幕客疑惑。这或许是千百年前"田园将芜，云胡不归"的感召，抑或是自古以来每个中国人身上儒、道两种思想的此消彼长，既有"知其不可为而为之"的主流教义，又有"清静无为"的杂糅黄老之说。孰对孰错，历史争议不定，但唯有曾公心中"不愿天下生灵再遭战火"这一浅显的道理能超脱历史、超脱一切争议，让人感到淡定之后的明哲。

对于曾国荃而言，这位著名的曾九爷下吉安、克安庆、破天京，身经百战，亲手葬送了太平天国运动，具有超人的军事才能，亦更具敢于任事的气概和坚忍不拔的毅力，遂有"曾铁桶"的美誉。虽有其兄关照，但不失名将风范。同时，曾氏兄弟也不止一次地战败，曾国藩就差点自杀，曾国荃也"伤股坠马"，胞弟曾国华战死。这些都是曾国藩说"千秋邈矣独留我"的原因！湘军从开始建立到后来裁撤，十万阵亡五六万，侥幸不死，可谓"独留"。

"百战归来再读书"，不单单是"读书"这么简单，也是无奈的选择。因为曾氏兄弟战胜太平军以后，湘军是当时最重要的军事力量，是有能力自立为帝，与清廷分庭抗礼的。不过，当时朝廷的军事部署，也有防备湘军的准备。曾国藩权衡利弊，综合分析，婉拒劝谏，选择忠于朝廷，那么，也只能让曾国荃"回籍养病"，并且上书"奏准裁撤湘军两万五千人"。"百战归来再读书"，"百战"之后还要"再读书"，这是无奈，是豪迈，也是自保。当然，没有"再读书"，也就没有曾国荃的"复出"，更没有"山西救灾"名垂青史。

历史的硝烟已经远去，如今曾国藩写给弟弟的这副对联已成为无数追求成功人士的座右铭。对于普通的职场人来说，这副对联是压抑在心底渴望达到下一个高度的挣扎。于我而言，"再读书"就是在繁杂的世界里，放慢自己的脚步，摒弃欲望，在岁月的清香中感受读书和写作的美好，做一个有情怀的基层文艺工作者。

真正让我对"百战归来再读书"这七个字有了深刻认识的，是随城一个叫王文虎的本土文化人。年过六旬的王文虎用大半生的时间从读书中找到"再读书"的真谛。他说，读书是他迄今为止最为重要的生活方式。少年时代，王文虎就信奉读书可以改变命运，当时他读书的功利心很强，内心总想着通过读书"跳农门"。那时，在他的眼里，民办教师、赤脚医生、村干部都是村里的"人上人"，可是想当这样的"人上人"基本上也属于幻想。但是，他始终相信读书能改变命运。

王文虎回忆，他那时上学读书，老师说得最多的话就是，读书是进步的阶梯，知识可以改变命运。然而，现实给了他沉重打击，读书后等待他的仍然是像父辈一样从黄土地里刨食。渐渐地，他感到读书的命运是父辈遗传的，读书很难获得命运的变异。尽管心里这样想，他仍然不曾放弃读书成名的梦想，因为不想听从于子承父业这样的命运安排，他想通过读书改变父辈遗传给他的刨食果腹的命运。可是做怎样的人才能改变命运呢？当时他想到了很多：当官，或者当个哲学家、历史学家。前者是指点江山的，后者是激扬文字。这些都与父母的命运不同。这样的功利目的在乡人的眼中就是不自量力的野心，必然招致非议。他至今还记得，当时村干部对他读书所暴露的野心反对强烈："怎么，凭你肚子里的那点墨水就想当哲学家？"但是他不为所动，心想：当哲学家怎么啦？有梦想就要勇敢追。他依然坚持通过读书改变命运的初衷，可是到头来，他看到的是，与他同辈的农家子弟中，大多数人"班"是"接"上了，可"接"的是如何从黄土刨食的"班"，而那些体面的职业、"人上人"的岗位是那些父母、舅舅、姑父有路子的人的。他们可以不读书的，寒门小户读了书又能如何？很长一段时间，"读书无用论"在他的脑海里盘旋。后来，他还是想明白了，他想虽然读了书命运没有改变，但如果不读书，你连改变命运的梦想都不会有。

很快，带着读书的梦想他进入了高中时代，当时国家教育制度发生了很大变化，最明显的变化就是废除了过去上大学凭推荐的体制，恢复了高考制度。这让城乡寒门子弟看到了改变命运的希望，特别是农家子弟也有了"跳农门"的机会。然而，爱好读书的王文虎却很是不幸，没能乘上时代的列车，成为高考落榜生，失去了改变命运的机会。他说，落榜的原因有很多，关键点在于他虽然爱读书，也想改变命运，但是他读书的方法不对，文理偏科严重，语文、政治、历史、地理成绩比较好，但是数理化的成绩不理想，英语也不行。知识构成出现了严重失衡，落榜之事便在意料之中了。自我反思之后，他意识到自己的问题不仅在于读书目标不明，只是很朴素地将读书考试与"跳农门"追求联系起来，而且将爱好变成了偏好，喜欢这门课，不喜欢那门课，这导致他不能利用读书完善自己的知识结构，做时代所需要的人。

意识到问题的症结后，他对自己的读书计划做出了两个方面的调整：一是围绕一个既定的目标而读书。他把目标从高考"跳农门"调整为学习哲学，这是当时公认的冷门课程，但是他就是喜欢研究哲学，于是他集中精力为"哲学梦"而读书，至于能不能帮他"跳农门"，他也不知道，也不再去纠结这个事。二是医治"偏科病"，不仅要读人文社会科学方面的书，而且要读自然科学方面的书。那段时间，爱因斯坦、海森堡、玻尔的作品以及牛顿的《自然哲学之数学原理》，他都认真读过。读爱因斯坦，让他知道了知识在逻辑上是简约的，互相独立的原理越少越好，而且知道了所有的知识都不能同经验事实相矛盾；读海森堡，他知道了微观世界的现象观察是不确定的；读玻尔，他知道了不要害怕观察事实的互相排斥，因为它们往往是互补的。当然，他也读了很多人文社会科学方面的书，如中国传统经典、西方经典的中译本等。这样的调整，使他的知识形成了一个"有慧峰，四周平衡"的结构，在这种结构中，他终于开始睁眼看世界，开始思考他的世界问题了。他的世界是什么呢？他说，就是在他的活动中显示出来的事物体系。他要研究的正是这个体系，他称之为"实践逻辑问题"。20世纪90年代，他初步完成了实践逻辑问题研究，写成了《新实践论》一书。凭着这本书，他获得了在武汉大学哲学系进修学习的机会，也获得了参加鄂州市招聘干部考试的机会，幸运地实现了命运的逆转。他认为，这种逆转与他具备了符合时代需要的知识素质结构有关，而这个素质结构与读书有关。他说，科学读书的过程就是重构、优化你的知识结构的过程。

"百战归来再读书。"进入中年后的王文虎便不再为读书改变什么而头疼。他说，被鄂州市录用为国家干部后，有了一份与读书有关的教书职业，他不再为生存问题而发愁了。此后，他除了专心教书外，时间也逐渐多了起来。业余时间，他开始带着过去想弄清楚而无力弄清的一些问题而读书。他对人的主体性问题、人的本质的异化问题、中华文明的起源问题以及宇宙大爆炸、量子纠缠等问题都很感兴趣。对它们，他想找到自己感兴趣的答案。为此他开始精准读书。他说："我要看看前人今人、中国人与外国人研究这些问题的书，了解他们对这些问题的研究目前已经达到了怎样的水平，我自己对问题的解决有什么创意，等等。"于是，他开始进行"解题式"读书，他把这视作读书的最高境界，也正是这种读书境界，让他写下了《大贤季梁》《新实学》《新实学探源》《神农氏世与随州史前社会》等一部部影响深远的著作。

多读书，少迷茫，这是王文虎的读书经历，也是他的读书智慧，更是"百战归来再读书"的又一成功实践。其实，在竞争激烈的社会态势下，"百战归来再读书"是很多读书人的真实写照。他们在经历了人生坎坷之后重新拾起书本，蓦然发现，读书才是走出迷茫最好也最实用的方法。在我身边有很多大学生，受各种因素影响，大学毕业后，匆匆地走上了社会，走向了商海，在自己的工作岗位上摸爬滚打，在经历了无数的波澜之后，有了成绩，有了经验，渴望读书的心情便随着阅历的增长越发迫切了。于是，很多人回到久违的学校，用读书来梳理人生，沉淀智慧，用足够的情感和经验积累去感知书本，感悟生活。因为他们懂得，书读得越多，就越清楚自己想成为什么样的人。

年轻的朋友们！心灵最好的疗愈是读书，当你迷茫的时候，请多读书，因为这是让我们走出迷茫最好也最实用的方法。

读书的境界

在日常生活中，我最大的爱好是读书。闲暇之时，随手拿一本书读读，就是最好的享受。阅读，不仅开阔了我的视野，更提升了我的认知水平和思想境界。

近来，在阅读曾国藩《治心经》一书时让我对读书有了全新的认识。我深感，那些击中心灵的文字才是开启智慧之门的钥匙。曾国藩在《治心经》第九卷得失篇（上）原文记载：趋事赴公，则当强矫，争名逐利，则当谦退。开创家业，则当强矫，守成安乐，则当谦退。出与人物应接，则当强矫，入与妻孥享受，则当谦退。天下事一一责报，则必有大失所望之时，佛氏因果之说不可尽信，亦有有因而无果者；忆苏子瞻诗云：治生不求富，读书不求官，譬如饮酒不醉，陶然有余欢；吾更为添数句云：治生不求富，读书不求官，譬如饮酒不醉，陶然有余欢；中含不尽意，欲辨已忘言。这段话的意思是，为国为公应当奋勉去做，争名逐利应当谦退；开创家业应当全力以赴，守成安乐应当谦退；出外与人物相交往应当勉励去做；回家与妻子儿女享受应当谦退。天下的事情每件都要求回报，那一定会有大失所望的时候。佛教的因果报应的说法不能全部相信，也有有了前因但没有果报的事情。回忆苏轼的词说"治生不求富，读书不求官。譬如饮不醉，陶然有余欢"，我更添了几句说："治生不求富，读书不求官。修德不求报，为文不求传。譬如饮不醉，陶然有余欢。中含不尽意，欲辩已忘言。"

"治生不求富，读书不求官，修德不求报，为文不求传。"曾国藩在写给弟弟们有关做人准则的家书中也提到这四句话。信中之意就是希望弟弟们能够克服功利之心，以平实的态度来对待生活、学习、修养等。曾国藩对弟弟们的劝导，也是提醒他们不要将行事的目的和结果颠倒了。谋生，就是要好好地生存下去，不求大富、暴富；读书，是为了求知，而不是为了求官，大贵；自我的道德修养，并非希望人们回报自己；写作，就是表达自己的思想，也不为出名、出风头。正本清源，认识到事情的根本和目标所在，就不会走偏了道。

回望曾国藩的仕途不难发现，他确实是一个认真到了骨子里的人，而且原则性很强，可以说书生气很重。他写文章，发扬"桐城派"的优势，塑造了"湘乡派"的文学新风尚；他做翰林时，认认真真忠实于自己的研究职责，用心研究理学，到了成痴的境界；他做各部官员时，抱定"不为发财，只为匡时济世"的信念，冒死上书皇帝，直陈时弊，差点引来杀身之祸；他受命镇压太平军，就把全部身家性命都押在了军中，几番出生入死，终于取得胜利。

写到这里，我想起了中国著名的核物理学家，被誉为"两弹元勋"的邓稼先先生。在我国核武器事业蓬勃发展的进程中，邓稼先无疑是一位具有关键影响力的先驱者。他的一生，以对国家毫无保留的无私奉献和对科学事业的执着坚守，书写了一段波澜壮阔的传奇。

"治生不求富，读书不求官，修德不求报，为文不求传。"曾国藩的这番话在邓稼先身上得到很好的应证。1958 年，邓稼先接受了制造原子弹的重大任务。此后，他毅然放弃了著书立说、出国交流的机会，选择隐姓埋名，将自己的名字和科研成就隐匿起来，全身心投入到国家的核武器研究工作中。即便在生命的最后时刻，他仍忍着剧痛，为党中央撰写关于发展现代国防科技的建议书。正是邓稼先的默默付出为我国核武器事业奠定了坚实基础。

其实，邓稼先的人生有更好的选择。在美国留学期间，他顺利获得博士学位。当时，他面临着继续深造的良好机遇和国外优厚的生活与科研条件。然而，他毅然决然地放弃了这一切，回到当时一穷二白的祖国，投身于国家建设。他深知，作为一名科学家，自己的才能和知识应服务于国家，而非追求个人的财富与地位。

在工作中，邓稼先从不追求个人的功名和利益，只是默默地为国家奉献。他曾说："我的生命就献给未来的工作了。做好了这件事，我这一生就过得很有意义，就是为它死也值得。"这种无私奉献的精神深深感染了身边的每一个人，也极大地激发了团队成员的工作热情和创造力。

尽管邓稼先的生活十分简朴，但他对家人充满了关爱。每日下班后，他都会与孩子们互动玩耍，共享欢乐时光。即便在工作中面临巨大压力和危险，他也会尽量抽出时间陪伴家人，给予他们温暖与鼓励。

邓稼先的家风可用"为国奉献，简朴生活"来概括。他自幼受父亲影响，立志学习科学，为国家贡献力量。尽管后来邓稼先成为著名的科学家，但他在生活上仍然非常简朴。单位给他配的专车，他除了工作需要，从不使用。他坚持每天骑着自行车上下班。单位分给他新的住房，他坚持不搬，一直住在老旧的公寓里。

简朴的作风，直接影响了他的子女。邓稼先的女儿邓志典在美国读研究生期间，生活也非常节省，从不追求高消费和洋气的东西，她身上穿的衣服还是从国内带过去的。邓稼先的儿子邓志平在一所高校任职，继承了父亲的生活态度和工作作风，为人非常低调。他在回忆父亲时说，"在我的父亲身上，我看到了老一辈知识分子的坚持与执着""我在父亲那里学到了一种平凡而安静的生活态度"。他还说："做科研，一定要受得了清苦，着实不容易。我的孩子在上学时我就对他说，要真想做科研，得费些力气。"……

"治生不求富，读书不求官，修德不求报，为文不求传。"这种赤诚奉献的精神品质不仅塑造了邓稼先自己的人生，也无形中影响了他的子女和后代，成为一个家庭最宝贵的财富。

"治生不求富，读书不求官，修德不求报，为文不求传。"这四句话在新时代仍然绽放着璀璨的光芒。在我结识的文人中，随城文化名人蒋天径老师可以说这一生都在用实际行动践行着四句话。今年76岁的蒋老师曾任中华炎黄文化研究会理事、随州市作协副主席等职务。多年来，他致力于研究和传播随州乡土文化，代表作有《征婚族》《天汉浴》《天下随时》等。他不仅在文学创作、理论研究上取得了诸多成就，更是怀着一颗赤子之心积极投身于家乡的发展建设。当得知家乡随城南郊街道毛家棚村正在推进乡村振兴时，他立即赶回家建议开发乡村旅游，并组织随州文化界名人到毛家棚采风宣传。为挖掘家乡文化古迹，他实地勘察军民桥、官民池、东周遗址凤凰台等，多方考证，发表30多篇文章。他立足乡土写出"毛家棚人物系列"，始终致力于对家乡的宣传，让更多人感受到乡村发展的日新月异和那份始终不变的淳朴乡情。2023年初，毛家棚村开展"美好环境与幸福生活共同缔造"活动，他主动将自家老宅重建后捐献给村里做"村史馆"，为和美乡村建设提供文化支撑。

从现实回望历史，再从历史反观现实，"治生不求富，读书不求官，修德不求报，为文不求传"，这些被曾国藩悟透的为官处世哲学早已不属于他个人的"专利"，相信在多元化的社会转型背景下，曾国藩的为官治学名言一定会获得更为广泛和长久的共鸣，改变更多读书人的世界观，成为读书人一种高尚的思想境界。

做个真正的读书人

关于读书，曾国藩在家书中这样对自己的家人说："读书乃寒士本业，切不可有官家风味。"曾国藩所说的"寒士本业"意思是读书是出身寒微的人的根本之道；"官家风味"指的是官宦人家互相攀比和"读书无用论"等不良风气。曾国藩多次在书信中告诫家人，读书要像寒士那样积极主动，养成读书的好习惯，抓住一切机会，利用点滴时间认真读书，不断提升自己的品行修养，不要有官宦子弟的坏习气。

曾国藩一生酷爱读书，在历史上留下不少关于读书的故事。史料记载：有一年，曾国藩到京城去考进士，结果没有考中，决定往南走。到了江苏睢宁，他借了一百两银子，当时一百两银子相当于一个县令两年多的薪水。那么，他借一百两银子用来干什么呢？答案是买一套书，这套书就是"二十三史"。当时的书籍都很笨重，不好携带，于是他租了一艘船，决定将书沿长江运回家中。书虽然买了，但他内心忐忑不安，他非常担心因借钱买书而遭到父亲的训斥。很快书运到了家中，面对一大堆书籍，父亲问曾国藩这些书是怎么来的，他不得不如实告诉父亲书是借钱买的。令曾国藩没想到的是，父亲不仅没责怪他，还高兴地对曾国藩说，你能有读书上进之心这是好事，我不惜极力为你弥缝。弥缝的意思是替他还钱。不过，父亲给曾国藩提出了要求，要求他将书中文章圈点一遍，曾国藩向父亲保证每天圈点十页，间断则为不孝。曾国藩说到做到，他的一个幕僚也是他的学生黎庶昌说，曾国藩为了读"二十三史"，足不出户整整一年，第二年他又参加考试，结果中了进士，所以他一直认为，"二十三史"给他带来了幸运，自此他一生没有间断过读史书。

一个真正热爱读书的人，书籍是他的第二生命。谈起寒士读书励志的故事，历朝历代都能找出很多典型。明代著名藏书家范钦的故事便是其中之一。史料记载：范钦（1506—1585），字尧卿，号东明，浙江鄞县（今宁波市鄞州区）人。嘉靖十一年（1532）进士，累官至兵部右侍郎。

从寒士到进士，范钦的成长进步离不开读书。范钦自幼便爱读书，但家境十分贫寒，所以只要手里有一点银两，他都会找书读。当时他去得最多的地方就是宁波丰坊家万卷楼，去的目的有两个，一是看书，二是抄书。

盛夏时节，带着对著名藏书家范钦的膜拜，我专程来到位于浙江宁波市内的月湖西岸，探访这座叫作"天一阁"的藏书楼，此楼是中国现存最早的私家藏书楼，也是亚洲现有最古老的图书馆和世界最早的三大家族图书馆之一，这座私人藏书楼的主人就是明朝嘉靖年间卸任官员范钦。

历史往往有许多巧合，没想到我顶礼膜拜的范钦原来与我的家乡随州有着千丝万缕的联系，这当然是在天一阁藏书楼找到的历史证据。

史料记载，范钦曾在随州工作、生活了四年，而且正是在随州的四年时光奠定了他的仕途根基，对其一生产生了巨大影响。

那么，这位大藏书家在随州究竟干出了怎样的业绩呢？史书记载：明嘉靖十一年，年仅26岁的范钦高中进士，出任湖广随州知州。虽然是初次理政，但他在随州加固城池，亲阅诉状，平反冤假错案，节省开支，精简人员，减轻百姓负担，可谓政绩斐然。他还十分注重储粮赈灾，端正习俗风气，为青少年营造良好的学习环境，并且严惩犯罪分子，大大改善了随州的治安。

范钦在随州的一番业绩，不仅令随州百姓安居乐业，拍手称赞，还颇得上级的欣赏。嘉靖十五年（1536），范钦被提升为工部营缮司员外郎，负责营缮之事。当时朝廷中营造、修缮类的大工事不断，而所有工事均由贵族出身、深得皇帝宠幸的武定侯郭勋总督。此人恃宠傲世，贪赃枉法，经常借机从各项工程中牟取利益，私自冒领官钱数十万。范钦生性耿直，在郭勋手下干事难免与之发生冲突，最终因数次顶撞、阻拦郭勋的不法之举而得罪了这位总督大人，被其诬告犯上作乱、延误工时，受廷杖下狱。后来由于东窗事发，郭勋被查，范钦才得以昭雪，于嘉靖十九年（1540）调任江西袁州知府。

这袁州可不是寻常地方，这里是当时把持朝政的奸臣严嵩的故乡，在此地为官，实属不易。但范钦依旧秉持耿直性子，公道办事，不畏权贵。严嵩的儿子严世蕃意图霸占别人的房产，范钦出面制止，并斥责严世蕃的种种恶行。严世蕃怀恨在心，欲加害范钦，其父严嵩知道后却阻止说："范钦是何许人也？他是连郭勋都敢顶撞的人，你弹劾他只会让他更出名，从而让我们招致民愤，咱还是不要招惹他为好。"结果严氏父子竟奈何范钦不得。

有严嵩这样的奸臣在，百姓的日子当然不好过。范钦也只能在自己的权限范围内，尽力体恤老百姓的疾苦，他减免赋税，兴修水利，深受百姓爱戴。后来，因实在看不惯严嵩父子的横行霸道，范钦毅然辞官回到了故乡宁波。

范钦一生嗜书如命，读书、藏书无数。他在很多地方做过官，每到一处，总要搜集海内异本、先辈诗文和未经传世的名人佳作。辞官后，他更加潜心于书籍的收藏。明嘉靖四十年至四十五年（1561—1566），范钦于住宅东面、月湖深处，造楼六间以作藏书之所，并取名为"天一阁"。当时阁楼内储有藏书七万多卷，多数系宋明的木刻本和手抄本，有的还是稀有珍本和孤本，在当时学界中颇有影响。

为了保护自己辛苦一生得来的藏书成果，范钦将家族管理与藏书传承紧密结合，立下了严格家规，例如，烟酒火烛不许上楼；藏书由范氏子孙共同管理；阁门和书橱钥匙分房掌管，双人进出，任何人不得擅开；等等。违犯家规者，三年之内不得参与祭祀祖宗的典礼。这样就防止了藏书被个人占有或损坏而造成的流失。

范氏子孙近百年来矢志不渝地承袭家规，守护"书业"，令天一阁绵延长存。但历经清政府征集、英国侵略军掠夺、惯偷盗窃以及不法书商的巧取豪夺后，至新中国成立初期，经冯贞群先生清点整理，除清代续增的《古今图书集成》外，原藏只剩下一万三千多卷，仅及全盛时期的五分之一左右。新中国成立后，经四方奔走、精心搜集，访归范氏原藏书三千零六十七卷。尽管如此，这批劫后幸存的典籍仍不失为价值连城的文化遗产，而范钦也与他所创建的天一阁一样，在中国的文化历史长河中熠熠生辉。

从个人爱书藏书到全家族守护"书业"，范钦的家规诠释的是良好的家风。从历史的光芒中走出来，我的脑海里突然浮现出一个爱好读书写作的地方文化专家。他以毕生精力致力于地方文化研究，直到生命的最后一刻。记得十年前，我刚从部队转业到地方工作的时候，他任随州市政协副主席，在一次文学笔会上我第一次知道了他的名字——包毅国。因为当时我在地方党报任记者，所以接触文人的机会比较多，像包主席这样的专家型领导更是我采访关注的重点对象，后来与他接触多了，接受他教导的机会也多了。尤其是在他的关心帮助下，转业一年后我加入了随州市炎黄文化研究会，当时他任会长，我是新会员，共同的话题自然多了起来。记得入会不久，他安排我采写了几篇文化散文，我尽力去完成，多次得到他的认可。他常常鼓励我，要当好家乡文化传承人。他还不止一次对我说，他是多么多么想回到年轻时的状态，保持充沛的写作力量。那时我却浑然不知他与癌症抗争多年，即将走到生命的尽头，但他仍然在忘我地写作。记得他去世那年大年初一，他还在挑灯夜

战帮我修改一篇文化散文。直到他去世，我才懂得他那颗热爱
家乡文化的心始终坚如磐石。

　　包主席是典型的寒士出身，后来凭借读书从农民的儿子成
长为副厅级领导。他不仅自己爱读书，还十分注重引导孩子读
书。他在儿子很小的时候就给他准备了一些触摸书、图画书，
帮助儿子认识事物，培养他的观察力。他说，孩子是否喜欢读
书，很大程度上取决于家庭的学习氛围，父母以身作则，常常
手捧书籍，这份专注与热爱一定可以感染孩子，所以他家里每
一个房间都充满了书的气息，书架、收纳盒、窗台几乎摆满了
各种书籍，从童话到小说，从散文到传记，从绘本到报刊，生
活的常识，心理的成长，几乎应有尽有。在浓厚的读书氛围下，
孩子从小养成了读书的习惯。他的儿子从小对新闻学尤为感兴
趣，后来大学毕业后如愿成为地方报社记者。儿子最崇拜的是
自己的父亲，父亲写的每一本书他都认真阅读，他理解父亲书
中的每一个文化符号、每一个人物和故事。包主席临终前把儿
子叫到身边，交代的最重要的一件后事就是希望儿子能够帮他
完成散文集《读懂随州》的后续出版工作。儿子不负父亲嘱托，
在父亲去世不久，《读懂随州》顺利出版。该书出版发行后得到
业内专家和广大读者广泛好评。

　　包主席去世后，我和许多随州文友带着对他的怀念和崇敬
之心，重读了他用生命完成的地方文学著作《读懂随州》，当然
还有他的早期作品，如《汉东风流》《随州之梦》《永远的神韵》
等，这些都是包主席对家乡这片土地的挚爱之作，也是对这片
土地的感恩之作。他的文学作品详细记录了随州的湖光山色、

风土人情、拼搏精神，留下了风雨中随州人奋进的脚印，捧出了随州人追求生活的火热之心，见证了在悠悠岁月里随州人独有的一份惊喜、一份真诚、一份感动、一份清醒、一份幸福。

最是读书能致远，人间至味是书香。品读一本好书，如同与一位智者对话：顺境时让你清醒，迷惘时给你希望，遇到挫折时给你信心，追梦时给你力量！从曾国藩耕读传家的家训，到范钦给儿孙定下的"书业"家规，再到包毅国的书香教子之道，我深感读书人其实内心都有一个共同的精神追求，那就是做一个真正的读书人，并在读书学习中厚植家国情怀。

书以明智

　　五年来，睡前读书一小时已经像洗脸、刷牙一样成为我雷打不动的习惯。有朋友问我这个习惯是怎样养成的，我的回答只有四个字：书以明智。

　　五年前，我和很多热衷刷抖音短视频的朋友一样，下班后不自觉地打开抖音短视频刷个不停，一晃就刷到凌晨。后来一次在骑电动车的时候不小心一只小飞虫撞进我的眼睛里，眼睛生疼不止，不得不去看医生。遵照医嘱，用眼药期间不得看手机，我只得暂别手机数日。那段时间，我发现不刷抖音短视频也挺好的，睡眠充足了，多年的失眠和耳鸣状况也得到了改善。

　　康复后，我开始策划写一本家风方面的纪实散文集，写纪实体裁的文章需要进行大量的采访，根本没空刷抖音短视频。当然，偶尔我也会从短视频里翻找家风方面的文章阅读，后来发现许多文章都是碎片化的，而且重复的内容也非常多，阅读这些文章从中获取的信息十分有限。此时，我感到刷到最后自己不仅没有获得多少有用的东西，反而因为刷视频而在无形中降低了思考能力。我注意到，当沉迷手机无法自拔的时候，随之丧失的就是自我判断和独立思考的能力，再就是在不知不觉中失去了宝贵的时间。于是，我决定放下手机，通过扎实的采访来完成这部散文集。后来我认真采写了近二十万字的家风文章，并且得到了公开出版发行的机会。

写这段个人经历不是想告诉大家不要去刷抖音短视频，而是不要过度，不要把刷抖音短视频当作生活的全部。就我个人而言，我觉得书本的知识更为全面、更为丰富，也更为权威。最近看到的一篇文章对我启发很大，文章的标题是《是什么让我放下手机的？》。文章说：手机刷多了，我渐渐觉得不舒服了，比如碎片化的视频，语言和语言之间是断开的，找不到细细密密的针脚，织不成一件成型的衣衫，看起来全是布料，彼此之间也没有衔接，说完就走，笑完就算。而且大多短视频以卖笑、卖惨、卖乖开始，结局是卖货。随着这样的短视频越来越多，大家越来越感到乏味了。前面我也说了，刷抖音短视频是没有错的，但一定不能过度，毕竟人的精力是有限的，如果确实有知识需求，刷一下短视频便能快捷地获取有价值的信息，我觉得这样也是很好的。这里重要的一点是在海量的短视频中学会辨别，那么怎样提升辨别能力呢？我觉得离不开读书，因为毕竟大多书籍都是通过正规出版社反复审核的，所以我们从书中获取的信息更为权威。

言归正传，接着说一下读书的益处。自古以来，书是无言的导师，是先哲的智慧结晶，是人的精神食粮，是进步成长的动力之源。虽然我们阅读的每一个故事、品读的每一个人生哲理，不会立即转化成我们的精神财富，但是它们会在我们遇到困难时激励我们勇敢前行，这或许就是读书的力量。我觉得，一部好的书籍还会让人从困境中看见新的可能和新的希望，它可以让我们获得从日常琐碎生活中感受不到的快乐，而不是用刷短视频打发无聊的时光，得到单薄的发笑。

关于读书，我非常欣赏曾国藩的这句话："读书则口不浊。"意思是说，读书人说起话来条理清晰有礼节，自然不会从他们口中冒出污言秽语或乱七八糟的话来。这里还有一种说法就是，读书的人会学到很多知识和词语，肚里有很多的故事，脑子里有很多的点子，当然口中就不会词穷了。

翻开历史，你会发现那些有礼貌、风度翩翩的人，都是勤于读书的人。《宋史·吕祖谦传》中记载：南宋著名的理学家、文学家吕祖谦一生注重修养，宽恕旁人。只是小时候的他性情非常急躁，稍有不如意就满腔怨愤。一日，当他诵读孔子的那句话"躬自厚而薄责于人"时，忽然觉得平时的急躁情绪很不好，于是就宽恕了之前的仇人。由此可见，读书与修养是密不可分的。

读书不仅能明智，关键时候还能化险为夷。"读书则口不浊"这六个字让我想起三国时期曹植的故事。中国古时候有一个非常著名的典故——七步成诗。《七步诗》是三国时期曹操的第三个儿子曹植所写下的流传百世的精品。文韬武略、天资聪颖的曹植年仅 10 岁余时，便已有辞赋数十万言，深得曹操的喜爱。曹植也就成了曹操长子曹丕的劲敌，曹操曾一度欲废曹丕而立曹植为太子，使曹丕嫉恨不已。

曹丕做了皇帝后，想要迫害曹植，于是以曹植不来为曹操奔丧作借口要杀他。在母亲卞氏的央求下，曹丕在文武百官都在的朝会上，命令曹植在走七步路之内作一首诗，如果作不出来就有了杀头的借口。结果曹植应声咏出这首《七步诗》："煮豆持作羹，漉菽以为汁。萁在釜下燃，豆在釜中泣。本自同根生，相煎何太急？"豆和豆萁是同一个根上长出来的，好比同胞兄弟。豆萁燃烧起来把锅内的豆煮得哭泣不已，以此婉言规劝兄长不要逼迫弟弟。词意十分贴切感人，使得曹丕无奈地收回杀害曹植的命令。后人对这首脍炙人口的诗佩服得五体投地，更对曹植的聪明赞赏不已。

纵观古今，诗书的陶冶，造就了许多有着崇高品德和高尚情怀的人。有写出"纵死侠骨香，不惭世上英"的李白，有写出"洛阳亲友如相问，一片冰心在玉壶"的王昌龄，有写出"僵卧孤村不自哀，尚思为国戍轮台"的陆游，有写出"人生自古谁无死，留取丹心照汗青"的文天祥，有写出"粉骨碎身浑不怕，要留清白在人间"的于谦，更有一生为国为民、被称为"人民的好总理"的周恩来……这些拥有高尚品德的灵魂，如夜空里一颗颗璀璨的星辰，闪耀在历史的天空里。

可能有人会说，以上这些读书人的故事离我们太过遥远了，对我们没有多少借鉴意义。接下来，我想分享一个身边人通过读书改变认知的故事。他是我的战友小张，入伍前由于文化水平低，一提起读书就头疼，甚至反感读书，即使连队有人刻意引导他读书，他也根本看不进去。记得一次，在部队执行某项任务前，连长要求他写一份决心书，并在连队会议上现场念出来，这可急坏了小张。一份决心书开头一段就有一个字不会写，我记得这个字是面临的"临"字，他不会写"临"字，就在上面画了一个圈（"○"）。上台念这个字的时候，由于太紧张，他就把面临念成"面圈"了，结果闹了笑话，引得战友们哄堂大笑。连长在看了他的决心书后，并没有笑话和责怪他，而是鼓励他今后一定要努力学习文化知识，做一个有文化修养的战士。这件事对他的打击很大，他决定以后认真学习文化知识。他从字典里的字开始学起，并勤于向身边的战友请教，不到两年时间，他的识字量大大增加，完全可以独立完成一些常用的公文。由于他学习认真刻苦，后来还成为连队的文书。值得一提的是，他在团队组织的一次演讲比赛中荣获一等奖，成为全团学习标兵，后来还获得全军优秀士官等荣誉。

　　我的另一个战友小李性格的转变也源于读书。在西藏当兵的小李，他的父母为了一件生活琐事闹矛盾而离了婚，导致很长一段时间他的脾气变得非常暴躁，甚至产生了自杀的念头。当时我是团里的思想骨干，领导安排我去做他的思想工作。我知道小李平时爱好看书，便从书店里购买了不少心理学方面的书籍，这里面有著名作家毕淑敏的文集《心灵密码》、美国著名作家阿尔伯特·埃利斯的文集《我的情绪为何总被他人左右》等，从读这些书开始，他体会到"一个人之所以会暴躁，是因为懂的东西不够多"这句话的含义。于是，他开始重新认识自己，重新审视父母的婚姻问题，从书中他找到了父母婚姻不幸的症结所在。原来，父母是非常恩爱的，只因彼此不懂得如何沟通才导致离婚。找出症结后，小李利用探亲休假的一个月时间做通了父母的思想工作，父母最终复婚了，幸福的日子又回来了。

从此，小李更加热爱读书了。退伍后，他还在某省城开了一个书吧，书吧显眼处张贴着曾国藩的读书名言："读书则口不浊。"业余时间，小李还义务担任某中学心理辅导员，分享从书籍里学到的心理学知识。谈起读书的感悟，他说："读书的好处不仅让我口明也让我心明，更让我有机会为社会服务，成为一个真正有价值的读书人。"

通过以上故事，我得出这样一个结论：书以明智。之所以写这篇文章，我希望更多的年轻朋友能够放下手机，多读书、读好书，因为读书确实是一件令人终身受益的大好事！

读书与气质

　　关于读书与气质，曾国藩在给儿子曾纪泽、曾纪鸿的信中写道："人之气质，由于天生，本难改变，唯读书则可变化气质。古之精相法者，并言读书可以变换骨相。欲求变之之法，总须先立坚卓之志。"这段话的意思是说，人的气质本是天生的，是难以轻易改变的，只有读书才能改变自己的气质。古代擅长相面的人，都说读书可以改变骨相。要想求得变化的方法，必须先立下坚定不移的志向。

　　曾国藩写给儿子的家信不仅表达了读书改变一个人情操和价值观的道理，还讲透了读书的方法。具体来讲，他读书的方法为"三精"。一是读书要精选。因为曾国藩自己就是儒家标准的知识分子，所以他教曾纪泽读书，从小就很有规划，主要是以"十三经"和"二十三史"为根本。按曾国藩的观点来说，这些都是经历过时间考验的经典中的经典，而经典之所以成为经典，就是其中的智慧、思想都是经过实践检验了的，这是最值得后人学习与吸取的。二是读书要精读。他要求儿女读书一定要精心读，在一本书没读完的情况下，不要急着读另一本书。

他常告诫儿女，一书未点完，断不看他书。东翻西阅，都是徇外为人。事实上就读书而言，有很多人有这种毛病，一下弄好多书，这本翻翻，那本翻翻，美其名曰读了好多书，其实一本都没读完，一本都没读通、读透。而曾国藩主张一本没读完，就不要忙着去读其他的书，这实际上就是沉浸式读书法。当然，曾国藩虽然主张读书要沉浸其中，但他从来不主张死记硬背。他对儿子说："凡读书……不必苦求强记，只须从容涵泳。今日看几篇，明日看几篇，久久自然有益。"也就是说，读书沉浸其中，其实应该是一件非常轻松愉快的事，不要当成任务来死记硬背。不过，读书应该是件轻松愉悦的事，但这不代表像看闲书那样就行。曾国藩主张看书的时候要能作札记，也就是看书的时候得学会动手，边看边写，要"略作札记，以志所得，以著所疑"，也就是要把读书时的所感所想，不论是心得体会，还是疑惑不解的地方，都要随手记下来，这样才能有助于读而后学。三是读书要精准。就是要培养个人的读书兴趣与方向。曾国藩对两个儿子的教育就是最典型的精准读书的例子。老大曾纪泽不喜欢科举考试，不喜欢八股文，喜欢西方的语言学和社会学，曾国藩就鼓励他按自己的兴趣方向去读书。而且最难能可贵的是，虽然对于曾纪泽感兴趣的这些所谓的西学，曾国藩自己不是太懂，但他为了儿子也努力地去看了不少书。后来，曾纪泽写成《西学述略序说》和《〈几何原本〉序》，这两本书都是曾国藩亲自批阅后为之刻版发行的。对于老二曾纪鸿，曾国藩就更是这样了，不仅鼓励他培养出数学研究的兴趣，难能可贵的是，曾纪鸿结婚之后，他的老婆郭筠是个喜欢读书的女性，曾国藩觉得在当时那种重男轻女的社会环境下，儿媳妇能喜欢读书，是非常不容易的。所以在教儿子的时候，还顺便教儿媳。郭筠不像曾纪鸿一样喜欢数学，她只喜欢文学与历史，这方面曾国藩绝对是大家。所以在曾国藩的引导下，郭筠通读《十三经注疏》和《资治通鉴》，也成了一个有名的才女。

那么，为什么说读书能提升一个人的气质呢？我曾在微信朋友圈看到一条关于读书的视频，从侧面回答了这个问题。视频的大概内容是一个年轻人与一个老人的对话。年轻人问老人："你一生都在读书，请问你最终得到了什么？"老人回答："好像我基本上什么也没得到。"年轻人又接着问老人："那你还去读书干什么呢？"这个老人说了一段很有意思的话，他说："通过读书，我失去了愤怒、纠结、狭隘、挑剔、指责、悲观、沮丧，失去了肤浅、短视、计较，失去了一无所知，失去了无知的干扰和障碍。"这个老人用失去的方式讲透了他得到的东西，正如古人所言，"腹有诗书气自华"，说的就是一个人长期读书自然会提升自身气质，有了气质，在与人交往时就会拥有一种超凡脱俗的气场，自然也会获得比常人更多的成功机会。

心中有书，脚下有路。几年前，我认识某省城的一个开餐厅的刘老板，他在开饭店前和我一样是文学青年，而且都在部队当过炊事兵。我与他读书的梦想不同的是，我读书是为了求得一份适合自己的工作，而他读书的梦想是开一家属于自己的餐厅，于是他将在部队十几年的积蓄全部拿出来作为开店的资金，其实他也知道这年头生意不好做，而且开餐厅竞争也很激烈，但他始终相信自己一定能成功。方向有了，接下来就是方法的问题了，他通过博览群书和市场考察，很快有了自己的想法。他决定开一家文化餐厅，餐厅的定位是"书吧餐厅"，菜品以当地地方菜为主。这个餐厅最引人注意的是独特且富有诗意的菜名，比如炸春卷叫"开卷有益"、夫妻肺片叫"同甘共苦"、蒜蓉拌秋葵叫"一举夺魁"、红烧蹄髈叫"金榜题名"等。餐厅营业之初，他的生意并不是很好，这时不少朋友对他说，文化人开餐厅只会玩"虚头"可不行，要想把生意搞起来，还得走大众化餐厅的路线。对朋友的意见建议，他虚心接受，一边改良自己的饭菜，一边提升经营理念，并不断从经营学、市场营销学等书籍中获取营养，最后他想出积分兑餐办法，就是食客通过读书时长和读书答题活动等来积分，通过积分来兑换餐券。没想到，一个月后餐厅的生意不断升温，而且人气越来越旺。

事实证明，读书人头脑活、点子多，即使开餐厅也与众不同。刘老板的创业故事让我感受最深的是，读书不仅能够提升气质，还能够提升能力。试想，如果刘老板只是一个有厨艺基础的退役炊事兵，或许他不会想到去开一家书吧餐厅。从这个意义上讲，读书的过程就是接触各种不同的观点和思想的过程，这些观点和思想会不断地冲击读书人的认知，让他们对这个世界有更深入、更全面的了解，因为读书最大的功能是拓宽视野。在书中，我们可以遇见各种各样的人物和故事，这些人物和故事会让我们了解到不同文化、不同信仰的人们的生活方式和思想。而且，读书可以帮助我们深入思考。

气质真的说变就能变吗？其实，气质一般是难以改变的，但如果是一个好读书学习的人，随着文化的积淀、阅历的增长，他的气质也是会发生改变的。可以想象，如果说每个人的肉体都是父母给予我们的"毛坯房"，那么我们读书的过程就是装修的过程，就是变化气质的过程，一个"毛坯房"最终会呈现怎样的效果就要看你付出了多少辛劳。

我从小就对读书充满了兴趣，除了课本，课外书也经常看。参军后，我认为读书是一种非常有益的投资，它能够为我提供无限的知识和智慧。在我的亲身经历中，读书也确实改变了我。很多朋友说他们刚认识我的时候，我给他们的第一印象就是书生气质，安静沉稳，所以愿意和我交心。通过读书，我逐渐理解了不同的人性和情感，学会了如何去理解和包容别人，从而变得更加宽容和豁达。特别是读书还让我更加自信，原来的我非常自卑，总觉得自己的学历低，在行政机关工作没有底气，后来通过读书我认识到，只要肯学，别人能干的事情自己也能干，而且能比别人干得更好。

写到这里我只想说，读书就是用最低廉的成本获取最高级的成长策略，也是用最低廉的成本提升自身气质的最佳路径。

读书是写作的"密码"

　　读书与写作是我的一种生活方式，也是我心灵的归宿。每当我翻开一本书，就仿佛打开了一个全新的世界。读的书多了，阅读的嗅觉变得更加敏感，总会被书中某一段文字，甚至一句话深深打动或者唤起共鸣，尤其在我焦虑的时候，写作能够让我的情绪快速舒缓，找到迷失的自我。通过写作，我还可以将生活中的点滴感悟转化为文字，分享给他人。我觉得，每一次写作都是一次对生活的解读和反思，也是一次自我提升的过程。写作二十多年，我发表文学作品一百余万字，这些文字都记录了我的思想转变和成长蜕变。为此，我给自己做了一个公众号：文心相随。

　　关于读书与写作，我非常欣赏曾国藩在家书中写给两个弟弟的一段话。这段话说："又曾以为学四字勖儿辈：一曰看生书宜求速，不多阅则太陋；一曰温旧书宜求熟，不背诵则易忘；一曰习字宜有恒，不善写则如身之无衣，山之无木；一曰作文宜苦思，不善作则如人之哑不能言，马之跛不能行。四者缺一不可，盖阅历一生而深知之、深悔之者，今亦望家中诸侄力行之。"这段话是曾国藩为了勉励弟弟们和后辈读书、习字、写作而说的。曾国藩写这封信的时间是同治十年（1871）十二月，那时他的身体每况愈下，他感到老天留给自己的时日不多了，余生他还有许多读书写作心得想告诉弟弟和后世子孙，于是便有了这封信。信中大概意思是说，看新书要快速，多读才不至于孤陋寡闻；看旧书要熟读成诵，这样就能加深理解和记忆；练习写字要有恒心、有毅力，不能三天打鱼，两天晒网，不善于写字的人就像身上没穿衣服，就像山上没有树木；写文章要深思熟虑，要言之有物，言之有理，言之有情，不善于写作就像哑巴想说话却说不出来，就像马有腿疾不能行走。这四者是相辅相成、缺一不可的。

曾国藩认为，读书若太慢则难以搞清文意脉络，读起来兴趣不大，读了很久可能还不了解书中大意，这是读书大忌。因此，要通过速读来了解书的大致框架，通过熟读来汲取书中的养分。曾国藩说："尔先须过笔圈点一遍，然后自选几篇读熟，即不读亦可，无论何书，总须从首至尾通看一遍。不然，乱翻几页，摘抄几篇，而此书之大局精处茫然不知也。"我想，大多数读者没有过目不忘的本领，所以读完第一遍后，需要去温习，最好是能背诵书中重要内容，因为背诵绝对是掌握整本书的最好方法。古人大多崇尚背诵，像司马迁、苏轼、柳宗元等都是从小就熟读经史成诵，才有大笔如椽的文章传于后世。背诵也非强背，而是力求熟读成诵，只有文章成了自己头脑中的知识，才能进一步加以提炼、整合、改造、创新，从而形成自己的观点和见解。正是受到曾国藩速读与温熟的读书方法的启发，我开始思考女儿的读书方法问题。记得女儿刚进入高中时，需要阅读大量课外书籍来提升写作能力，但学习任务很紧，读书必须有计划，开始因为不懂方法，浪费了不少时间，读书效果却不明显。

面对女儿的读书困境，我极力推荐曾国藩速读与温熟的读书方法，引导女儿在读书前先阅读目录，迅速了解整本书的结构和作者的行文意图，而后快速读一遍，大致了解书本内容，最后复读一遍，做到温故而知新。渐渐地，女儿不仅感到阅读的速度加快了，而且明显感到更有收获了。后来，我还结合自己从事读书写作二十余年的经验，要求女儿在每读完一本书后认真撰写书评。于我而言，写书评至少有两大好处。一是可以让自己从普通的读者迅速成为"专业"的读者。为什么这么说呢？因为写书评可以促进思考，有利于快速吸收书本里的专业知识。二是可以让我们增加知识储备。因为书上现成的案例故事、金句名言、独特观点等都会悄悄丰富我们的知识结构。从更深层的意义上讲，好的书评还能感化和你一样爱好读书的人，让彼此成为惺惺相惜的文友。在此，跟大家分享一个真实的故事。几年前，我认识某中学一名热爱读书的陈老师，他读书有一个习惯，喜欢在书上做批注，遇到好的故事、好的语句，他都会用红色的圆珠笔画出来，然后写上自己的评语，还会签上自己的名字和读书的时间、地点，这个习惯不知是否与他日常批改学生作业有关。平时，他除了读古今中外名著外，还喜爱收藏文学杂志。一次，他的朋友发现他家里有很多文学杂志合订本，同样喜欢读书的朋友向他借去一本1994年的《大众文艺》

杂志合订本，由于一时疏忽在搬家过程中将合订本遗失了。真是无巧不成书，没想到几个月后这本合订本的另一个读者给陈老师寄来一封信。事情是这样的，那是1999年一个炎热的夏天，宜昌某大学一名女大学生从室友那儿借阅了这本合订本，合订本是室友从宜昌街头旧书摊上买来的，谁料那个女大学生被陈老师写在杂志中的书评深深打动，于是提笔给陈老师写了一封信，表达她内心对陈老师的敬佩之情。陈老师收到女大学生的来信后非常吃惊，他没想到读书的力量这么强大！后来，他们经常书信往来，分享读书心得，相互鼓励、共同进步。其实，在没有读到陈老师的书评之前，女大学生早已厌倦了读书，甚至打算离开学校加入打工者行列，没想到这本杂志合订本上的书评唤醒了她读书的兴趣。后来，他们成为很好的文友，陈老师的读书故事激励着她以优异成绩完成大学学业，后来找到了自己理想的工作，再后来找到和她一样热爱读书的人生伴侣。女儿听了这个故事后备受启发，如今也养成了写书评的好习惯。

接下来，说说练习写字的事。"习字宜有恒，不善写则如身之无衣，山之无木。"曾国藩所指的习字实际上也是读书及学习，如果没有恒心，和没有做这件事是一样的。曾国藩曾说过读书"第一要有志，第二要有识，第三要有恒"，"有恒则断无不成之事"，"恒"是曾国藩经常提及的读书之法，他还专门写"有恒箴"给子弟，勉励他们坚持不懈地读书写作。曾国藩认为，"恒"是读书人必备的素养，无论环境如何、心情如何，都要坚持读书和学习。反之，如果一曝十寒，那么一切志向都成空谈。提起写字，我不由得想起历史上享誉盛名的两大书法家。一位是东晋时期最具代表性的书法家王羲之。习字于他而言，是生活里最重要的一部分。为写好字，他勤奋苦练，不分昼夜；为研究写字的精髓，他执着痴迷，达到忘我的境界；为求得完美，他虚心求教，取众家之长，终成一体。《兰亭集序》的盛名，"书圣"的敬谓，皆来源于一个"勤"字，可见勤写对于写字有多么重要。后来，王羲之离开了，却把生命中的痴与勤留在了书法里。另一位书法名人是唐代的颜真卿，他的字帖至今广为流传。颜真卿自小家境贫寒，食不果腹，即便如此也未阻止他练习书法的步伐，他以碗为砚，以刷为笔，夜以继日，练就一手好字。字迹流芳千古，更是因为他的品格。他威武不屈，以身报国，浩然正气，彰显英雄本色。他的人生如字，把刚直忠烈的品格融入书法；他的字如人生，把书法的端庄与遒劲化成了处世的性格。颜真卿离去，把生命的忠贞与刚烈留在了书法里。

对于王羲之、颜真卿而言，书法是一种精神、一种修养。提起练习写字的重要性，也许不少年轻人会有不同的看法，他们大多认为现在电子产品这么发达，工作和生活中大多数事情都可以在网络和电子产品上交流完成，字写得好坏没多大关系。其实不然，现在不少场合依旧很重视写字，例如中考、高考、公务员考试等都是电子化阅卷，如果字写得太差，肯定会得低分；如果字写得好，最起码能保证客观公正的评分。关于写字，还有很多益处，比如可以磨炼一个人的心性，甚至提升综合素养。记得三年前，我认识一位官方网站的编辑小张，他刚从部队转业到网站工作时，时常感到力不从心。在一次聚餐中，他让我分享一下当文字编辑的经验，我给他的建议是，将全国同类网站点击量最高的一百篇文章全部抄录一遍，然后结合每篇文章内容分别写一篇心得体会。写完一百篇心得体会后，他明显感觉到编辑能力得到了提升，工作起来也得心应手了。

　　写好字的关键在于勤写勤练，作文的关键在于勤思善思。"作文宜苦思，不善作则如人之哑不能言，马之跛不能行。"曾国藩指的是写文章一定要冥思苦想，仔细钻研其中之理。作为"晚清中兴四大名臣"之一，曾国藩读书写作的方法和韧劲都是值得我们认真学习和体味的。

　　如今，我们处在一个快节奏的时代，由于生活忙碌，很多人一年到头都读不完一本书，也有人一谈起读书便后悔上学时没有珍惜读书机会，结果书到用时方恨少；而有大把时间读书的人也在后悔，他们感叹时间真是过得太快了，刚想读书，结果一拿起手机就忘了，最后发觉时间全部被玩手机所占据，一天天就这么过去了；还有一部分爱好读书的人，由于读书不得法，结果没有取得应有的读书效果。现实生活中你是这样的人吗？如果是，那就好好学习曾国藩的读书与写作之法，因为读书是写作的"密码"。

一边读书，一边修为

　　"凡人多望子孙为大官，余不愿为大官，但愿为读书明理之君子。勤俭自持、习劳习苦，可以处乐、可以处约。此君子也。"这是曾国藩写给儿子曾纪鸿书信中的一段，当时，曾国藩身在江西抚州，听到家乡来人夸赞年幼的儿子举止大方，心中十分欣慰，因此给儿子写了这封信。信中表达了一个父亲对儿子未来的期许，要知道在那个时代大部分父母都希望自己的儿子能够做大官发大财，但是曾国藩对儿子的期许则不一样，曾国藩希望儿子做一位明事理的君子。

　　何谓"明事理的君子"？曾国藩认为，只要做到两点即可：一要勤俭自持、习劳习苦；二要可以处乐、可以处约。曾国藩所指的勤俭，不是吝啬和一毛不拔，而是不奢侈浪费。"可以处乐、可以处约"，曾国藩旨在告诉儿子，可以追求感官的快乐，但是感官的快乐是受约束的，是有节制的，不能过度与放纵。

　　大家都知道，在古代，文人读书最重要的目的就是通过科举考试获取一官半职。读书人如果考取了功名，获得了官职，那就是光宗耀祖的大事，因此古代人大多希望自己的子孙能够好好读书，将来做大官。但曾国藩在《谕纪鸿·愿子孙为读书明理之君子》这封信中却提出了不同的观点。要知道当时曾国藩的儿子是名副其实的"官二代"，曾国藩自己是通过科举考试进入仕途的，但他并不希望子孙能够做大官，而是希望子孙能够成为读书明理的君子，可见曾国藩在当时是何等开明。

曾国藩对读书的目的和作用也有着与世人不同的观点和认识，他认为读书的最终目的并不是考取功名而当官，而是要成为品德高尚、明白事理的君子。事实上，曾国藩本身并不是一个淡泊名利的人，他在年轻时也曾一度追名逐利，但随着他在官场上不断受磨炼，特别是身居高位之后，经历的事情多了，他觉得功名利禄是成功路上最大的绊脚石，因此渐渐对名利看得淡了。他认为，功名利禄只是一时之乐，只有自己的修为和学问才是终身受用的东西。他在多封信中都希望曾家成为"耕读孝友之家"，而不愿成为"仕宦之家"。因为仕宦之家的子弟往往骄奢淫逸，一代之后就会衰落，而耕读孝友之家则能绵延数代。

"凡富贵功名，皆有命定，半由人力，半由天事。唯学作圣贤，全由自己作主，不与天命相干涉。"曾国藩家书里的这些话也说明他对读书明理的另一种认识。他认为，一个人所能得到的权势和地位不是他自己能够决定的，很大程度上要顺从天意。而读书明理则是通过自己的努力就能够做到的，并且通过读书明理可以成为君子甚至圣贤。事实上，曾国藩的两个儿子都没有做官，但也在其他方面取得了很大的成就。曾氏家族的繁荣昌盛离不开良好的家风，因材施教是曾氏家族兴旺的重要原因之一。据史料记载，两百多年来，曾氏后裔有成就的多达二百四十余人，大多成为学术、科技、文化领域的精英，构成了一个声名远播的华夏望族。曾国藩之子曾纪泽以驻英、法大臣兼驻俄大臣的身份，于 1879 年赴俄谈判，据理力争，收回伊犁南境地区五万多平方公里的领土，取得晚清外交史上唯一的一次胜利。曾纪泽的儿子曾广铨，精通英语、法语、德语和满文，曾担任清政府驻韩国和德国大使，后担任京师大学堂译学馆总办，是著名的翻译家。曾国藩次子曾纪鸿是当时著名的数学家，曾纪鸿的后裔曾广钧、曾昭权、曾昭桓、曾宪源、曾宪琪，以及曾国潢的玄孙曾宪澄（美国史蒂芬斯学院数学系硕士），第六代孙曾卫（南京大学数学系学士、上海财经大学管理学硕士，现任南京大学金融学院教授、保险系主任）等都精通数学，他们或以数学为专业，或供职于与数学相关的公路、铁路、电机、采矿、计算技术等行业。

　　曾国藩教导后世子孙的观点值得现代家庭借鉴。然而，要想做到曾国藩所说的做一个"勤俭自持、习劳习苦，可以处乐、可以处约"的君子却非常不易。这里我想分享一个近期采访的故事，或许能给追名逐利的读书人或为官者带来警醒。前不久，因为撰写《反腐警示录》的需要，我采访过一个处级干部老李，从他的口中我了解到他的同事刘局长落马的心路历程。老李告诉我，刘局长于 20 世纪 60 年代出生于鄂北农村，父母都是农民，一家人生活十分拮据。一次，在城里工作的大伯回乡探亲，看到他们家的情况，提出要带他到城里读书。开明的父母经过商量后，卖掉家里唯一一头值钱的耕牛作为学费，让大伯带他到城里读书。出身贫寒的刘局长十分珍惜难得的读书机会，大学毕业后他选择报考当地公务员，经过严格的笔试面试，刘局长最终考取乡镇公务员。进入镇政府工作后，他心系群众，工作勤勤恳恳，尤其在负责产业扶贫工作时，他坚持下村驻队，为产业扶贫想办法找路子。那时他心中总是想着自己的成长进步都是组织给的机会，一定要努力工作，报答组织的关爱，不负父母的期望，做一个勤俭自持、清正廉洁的好干部。终于，在干群共同努力下，这个镇产业发展越来越兴旺，很快成为全县产业扶贫先进典型，他个人也因工作出色被调入县政府工作，后来仕途顺风顺水，不到40岁的年龄就被组织提拔到一地级市任某局局长。此时他的思想开始漂浮起来。当上局长后，他很快就被权力迷得晕晕乎乎，觉得自己是个大官了。有企业提出拿几万元帮他家乡修路，他欣然应允，其实他就是想告诉父老乡亲自己是个局长了。

　　刘局长在位子上坐稳后，不是想着如何为老百姓服务，而是一门心思想着为家人捞钱。用刘局长的话说："我对家人有很深的愧疚之情。我当上局长，过上更好的生活后，就想着要多多接济、照顾他们。"在刘局长的"安排"下，其弟弟充当起刘家"白手套"，成为刘局长权钱交易的"中间人"。看到二哥在大哥的"关照"下"发家致富"，刘局长当医生的妹妹也在耳濡目染之中违纪违法，为私人老板承揽工程"牵线搭桥"并从中收受贿赂，最终"医不自医"，步入歧途。

　　兄弟姐妹齐上阵，家风失守"全家腐"，最终刘局长三兄妹都为违法犯罪行为付出了沉重代价，"全家腐"变成了"全家覆"，刘局长也从当地村民口中励志的读书人变成受人唾弃的阶下囚。

　　"凡人多望子孙为大官，余不愿为大官，但愿为读书明理之君子。勤俭自持、习劳习苦，可以处乐、可以处约。此君子也。"在审讯室，刘局长在忏悔书中借用曾国藩家书中的话告诫自己年幼的儿子。

刘局长的教训告诉我们，勤俭自持是做人为官的底线，底线失守必然身陷囹圄。"可以处乐、可以处约"并不是随心所欲，而是需要一定思想境界的，我想这也正是曾国藩给儿子写这封家书的意义所在。是的，古往今来，做人之于做官，正如修身之于平治天下，身之不修，何谈治国平天下；就像精神信仰之于肉体，没有精神信仰的支撑，就只会剩下无所归依的行尸走肉；就像大地之于高楼，根基不牢，大厦就会倾覆。因此，要想做好官首先得做好人，而要做好人最重要的是读书，因为读书是一个人最好的修行。

品读曾国藩家书，纵观古今，我陷入深思，在当今社会，作为父母，该如何教育子女呢？我想，应该学习曾国藩，端正对孩子的期望与要求。然而，现实中很多父母自己特别渴望富贵与功名，但是自己不能实现，便将这种渴望转嫁到孩子身上，不管孩子愿不愿意，他们总希望孩子能够实现他们所期望的富贵与功名，将孩子当作实现自己欲望的工具，并且以爱的名义，压得孩子喘不过气来。我的一个亲戚的孩子就是被母亲的"良苦用心"所害。亲戚家的孩子小名叫牛牛，从小学到高中学习成绩一直名列前茅，后来他顺利考上大学，这是意料之中的事。令我没想到的是，自上大学后，因为世俗观念，他的命运突然发生了转变。世俗观念常常干扰着人们对复杂事物的判断。这里不得不提他的母亲，一位民办教师，却也是世俗观念的推手。

她认为儿子读再好的大学也没用，大学毕业后就业凭借的是关系，尽管儿子成绩好，考上了名牌大学，但如果没有关系，将来照样找不到好工作。所以她执意替儿子敲定了一个他并不喜欢的二类大学就读，原因就一个，母亲想托付的人就在他读大学的这座城市，她甚至幻想儿子将来至少能当县长。

牛牛自然不愿上这所大学，但又无法说服母亲改变主意，只好去大学报到了。上大学头一年，他就迷上了上网打游戏，学习成绩一落千丈，最终没有毕业便踏入了社会。进入社会后，由于不学无术，只能从事简单的劳作，毕业后的三年内，他做过保安、保洁、仓库保管员等。后来因为花钱大手大脚，入不敷出，他开始将目光转向了信用卡和网络贷款。他不断地申请新的信用卡，不断地从各个网贷平台借款。刚开始，他还能勉强维持这个庞大的债务体系，但随着时间的推移，利息的滚雪球效应让他陷入了无法自拔的境地。为了偿还债务，他开始铤而走险。他编造各种理由向家人、朋友和同事借钱。然而，这些都无法填补他日益扩大的债务黑洞。最终，面对无法偿还的债务和无尽的催收电话，牛牛开始感到绝望。他试图向家人和朋友求助，但此时的他已经失去了所有人的信任。在巨大的压力下，他选择了逃避，一个宁静的夜晚，他从十六层高楼房顶一跃而下，结束了自己年轻的生命。

写了这么多，我只想说明一个道理，读书是为人和做官的重要基石，也是生命最好的修行，一定要一边读书一边修为。我们读书和学习可以增长知识、开阔视野、提高认知、丰富精神世界，让我们的生命更加丰盈，活得更加高贵。

读书的光芒

　　一个人的生命是有限的，怎样才能让有限的生命过得充实富有？怎样才能让有限的生命闪烁出无限的光芒？答案就是读书。为什么这么说？因为读书会给人带来知识的力量、情感的力量、智慧的力量。

　　关于读书，晚清重臣曾国藩说："金丹换骨在读书。"他认为，读书可以改变一个人的命运，甚至改变一个人的骨相。所以，曾国藩一生对读书尤为重视，他虽要求家人生活勤俭节约，甚至每顿饭只有一个菜，但买书却十分大方。曾国藩曾多次对儿女们说，他不会留下遗产。他在给儿子曾纪泽的信中写道："余将来不积银钱留与儿孙，唯书籍尚思买耳。"曾国藩认为，书籍属于精神财富，它对子孙后代只有好处没有坏处，这也是曾家耕读传家的优良传统。

　　曾国藩酷爱读书，他考中进士到北京当官后，虽然京官生活压力较大，但是曾国藩每年买书的花费却不少，曾国藩说自己进京后"逛厂颇勤"，也就是说，他在业余时间经常去的地方就是琉璃厂，这是当时北京书店最为集中的地方，他在北京三年多的时间先后六十多次到琉璃厂买书。道光二十三年，曾国藩统计他进京三年间的藏书写下了八页长的书目，藏书高达二万多卷。

曾国藩进京当官后，一直保持清廉的形象，他从不接受他人赠送的贵重礼品，但是对于赠送的书籍一般都会收下，收下书籍后他会回赠价值相当的礼物。曾国藩故居富厚堂的藏书楼书籍多达三十万卷，其中不乏珍本善本。因此，富厚堂不仅是曾国藩的故居，也是江南最大的私家藏书楼之一，虽然不及江浙的铁琴铜剑楼、天一阁等著名，但是规模比它们还要大，所以曾国藩在历史上还有另一个身份，那就是晚清著名的藏书家。

其实，年轻时曾国藩天资并不聪颖，跟他同时代的那些有名的文臣武将相比，显得智力平平，但是曾国藩是读书最认真的人，他始终相信勤能补拙。这里给大家讲一个流传甚广的曾国藩少年时读书的故事。那年冬天的一个晚上，14岁的曾国藩在油灯下读书，看到一篇内容很好的文章，想把它背下来，可他反反复复读了很多遍，背得结结巴巴。这下急坏了他家的一个"梁上君子"，他等了大半夜，曾国藩迟迟不睡，他无从下手。眼看天都要亮了，他啥也没偷着，还挨了一夜冻，气不打一处来，从梁上跳下来对曾国藩说："我都会背了，你还背不了，笨成这样，还读什么书啊！"他说完流利地把古文从头到尾背了一遍，然后一脸激愤地扬长而去。

这个故事也许有点夸张，曾国藩自己也曾对家人说过，他年少时，不擅长背书。他读书虽然很慢，但很认真，没弄懂上一句，绝不读下一句，因此一篇短文他需要读很长时间。

　　他一生勤奋读书，下足了"笨功夫"，积累了可堪匡时救世的渊博学识和丰富经验。走上仕途后，他官运亨通，十年七迁，连升十级，被封为一等毅勇侯，成为中国历史上最有影响力的人物之一。他认为，读书要有志，有识，有恒。有志是指读书人要有远大志向，这是决定读什么书的问题；有识是指读书人要谦虚谨慎，不夜郎自大；有恒是指读书要有恒心，不能三天打鱼，两天晒网。

　　在京时期，曾国藩虽已有显赫地位，但没有放松学习，他早晨起来温习经书，早饭后读史书，下半日阅读古文，每日共可看书八十页，皆过笔圈点。

　　行军打仗时，他也利用战争空隙来读书。周围乱哄哄，他却读得津津有味，无论条件多艰苦，他都能够找到读书的乐趣。

　　曾国藩读书很讲究方法。曾国藩说："读书之法，看、读、写、作，四者每日不可缺一。"他认为，读书要广泛涉猎，什么样的书都要看；看书时要抓紧时间，提高阅读速度。自己选定要读的书，一定要从头到尾读完，不要随便翻前翻后；一部书没有看完，不要改读其他书。

　　除了大量阅读以外，曾国藩还十分注重精读。他认为有些书需要高声朗诵，感受文章中雄浑豪迈之气；而有些书要潜心低吟，仔细品味才能体会文中深远的意境。对于这些作品，最好还是熟记于心，只有这样才能领悟道理，在自己写作时，才能把其中的精华自然流露在自己的文采当中。

　　曾国藩认为，大量阅读的同时，对于书中那些有心得或是疑惑不解的地方，要"写"出来。他每天饭后写字不下半小时，这实际上相当于做读书笔记。至于读书的最后环节"作文"，曾国藩认为读书要和写作相结合。每一个人只有常做文章，才能把自己平时所学的知识融会贯通成自己的学识，思想才会活跃，考虑问题才会全面细致。

曾国藩每天都写日记，通过写日记进行修身，反思自己在为人处世等方面存在的不足。每个月必须作诗歌或短文数首（篇），用来检验所学多少、所培养真气是否充盛。

曾国藩读书的最高境界就是使自己进入"虚心涵泳，切己体察"的意境。所谓涵泳，每天的读书量不要太多，也不能太少，循序渐进，要像春雨滋润着鲜花、渠水灌溉着禾苗一样，润物细无声。泳者，是指人们读书的时候不勉强，出于真正的喜欢，要能体会到如鱼得水那样畅快淋漓，所读的书才能深入骨髓，融入血液。

曾国藩主张读书不能不求甚解，不能盲从。对书中所讲的道理，读书之人要在长期的社会实践中联系自身的实际，逐步加深理解。他在读《资治通鉴》时根据自己的经验，把不可信的地方都用笔标出来，即使对历来史家最推崇的《史记》，曾国藩认为人们在读它的时候也应该用实际的眼光辩证地看待它，切不可盲目崇信。

曾国藩推崇理学、汉学，嗜好古文，对经济之学又情有独钟。长期的勤奋努力，使他在各个方面都卓有成就。对古文的钻研，使他的诗文为一世所称颂；对理学的崇信，使他成为世人楷模；对经济之学的探求，则使他的军事政治才干鹤立于朝野之上……

曾国藩一生写下许多著作，有《求阙斋文集》《曾国藩诗集》《曾国藩读书录》《曾国藩日记》《奏折》《曾国藩家书》《曾国藩家训》《经史百家杂钞》《十八家诗钞》等百数十卷。这些书收在《曾文正公全集》中，传于世。由此可见，曾国藩的成功无不得益于他一生勤奋好学。曾国藩努力读书是后世的榜样，他用亲身经历告诉我们一个人即使天赋不好，也能够通过后天努力，成就一番事业。

其实，读书最大的收获就是不断打破自己的认知"容器"，让书籍的光芒照进人生理想。培根说："历史使人贤明，诗造成气质高雅的人，数学使人高尚，自然哲学使人深沉，道德使人稳重，而伦理学和修辞学则使人善于争论。"意思就是说，学习历史可以让人变得是非分明；学习诗词让人变得有情调，有韵味；学习数学，使人变得更加通透，并培养出高雅的风尚；学习自然哲学，使人变得爱思考和深沉；学习道德，让人有修养，有品位，有良知，更加稳重；学习伦理学和修辞学以后，让人变得能言善辩，养成舌战群儒的气魄和性格。我想，一个人最大的收获，不是他赚了多少钱，而是通过读书让他的人生豁然开朗起来，那种思维被打开并慢慢提升的过程，谁说不是一种美的享受呢？

曾国藩读书的故事使我想起自己年轻时读书的一段经历。记得那是20世纪90年代，由于家境贫寒，我不得不辍学。初中毕业离开校园后，我跟随自家的叔叔进入建筑工地打工。值得庆幸的是，尽管工地生活很苦很累，但我始终没有忘记读书学习。读书使我认识了外面的世界，于是我开始追求除了生存之外更远大的梦想，后来我决定去当兵。进入军营后，我依然保持着读书的好习惯，部队的图书馆成为我实现人生理想的"加油站"，通过大量阅读中外文学名著，尤其是军事文学方面的书籍，后来在遥远的西藏军营我从一名普通的炊事员成长为高原战士作家，成为一手拿菜刀一手握笔的优秀士官。当时，回家探亲，有人认为我的成功是靠社会关系、机遇、方向的正确选择等，我认为这些都是次要的。我觉得，从建筑工人到战士作家的变化，最重要的原因就是读书，是书本里的力量一步步把我拉出了平庸。后来，还是因为读书，从部队转业后，我获得了进入地方报社任记者的机会。再后来，随着读书、工作和人生阅历的不断丰富，我又获得了在行政机关工作的机会。

写到这里，我只想说，抓住读书就是抓住未来，因为书籍的光芒每天都能够不断地照进你的认知容器，让你永不彷徨，永不迷茫！

第四辑

勤俭持家

家俭则兴，人勤则健；能勤能俭，永不贫贱。

——曾国藩

勤俭，不变的家风

一

在中国传统文化宝库中，家风家训是最有特色的文化遗产，这是先辈留给后人立身处世、持家治业的智慧。《曾国藩家书》中，出现最多的两个字就是"勤"和"俭"，其中最有名的是他留给后世子孙关于勤与俭的十六字家训："家俭则兴，人勤则健；能勤能俭，永不贫贱。"

大家都知道，曾国藩官至两江总督，受封一等毅勇侯。很多人以为，这样的家庭应该天天吃珍馐美味，穿绫罗绸缎。实际上，曾国藩一家生活十分俭朴，他虽贵为封疆大吏，每餐通常只有一个菜，人们戏称他为"一品宰相"。有一次，曾国藩到被称为盐商聚居地的扬州一带巡察，盐商们自然不敢怠慢，平日里就生活奢华的盐商们费尽心思摆了一席水陆八珍的盛宴，本以为曾大人会满心欢喜，没想到曾国藩皱了皱眉，只拣着面前两三盘菜吃了点。盐商们心中惶恐，以为他们准备的菜不合曾大人的胃口。他们私下派人打听，原来是曾国藩见宴席上的菜太奢华，心中不高兴。他说："一食千金，吾口不忍食，目不忍睹。"

曾国藩日常穿布衣布袍，衣服上经常有补丁。他的衣服鞋袜都是夫人欧阳氏亲手缝制。他的卧室里只有一条蓝花土布被子，一顶用了很多年的帐子，几个装书的篋条箱子。他考中进士以后做了一件天青缎马褂，平时放在箱底里，只在庆贺或过年的时候才拿出来穿穿。三十年过去，马褂还跟新的一样。

曾国藩家的老宅已逾百年，房舍破旧，他弟弟曾国荃花几千串钱把房子修葺一新，曾国藩听后很不安，他责备弟弟："即新造一屋，亦不应费钱许多。余生平以大官之家买田起屋为可愧之事，不料我家竟尔行之。"

曾国藩不仅要求自己节俭，也要求家人节俭。他不许女儿们穿镶花边衣服和五彩绣裙，他的女儿们总是一件衣服轮流穿。哥哥娶了嫂子，女儿们就拣嫂子的衣服穿，女儿们身上像样的衣服都是嫂子的旧衣。

曾国藩有五个女儿，每个女儿他只给二百两银子嫁妆，这点银子置办几件家具和衣服被褥后便所剩无几。二女儿的嫁妆中有一支金耳挖簪，七两重，是最贵重的一件首饰，没想到让人偷了去。欧阳夫人难过得几夜睡不好觉，怕女儿嫁到女婿家，头上连件像样的首饰都没有。

欧阳夫人过生日，有人送给她一顶纺绸帐子，欧阳夫人不舍得用，留给小女儿曾纪芬做嫁妆。这顶帐子，曾纪芬用了很多年。

曾国藩一直要求家人生活俭朴，远离奢华。他在京城见到世家子弟一味奢侈腐化，挥霍无度，便不让子女来京居住。他的原配夫人一直带领子女住在乡下老家，他不许在老家门外挂"相府""侯府"的匾。曾国藩要求"以廉率属，以俭持家，誓不以军中一钱寄家用"。夫人在家手无余钱，亲自下厨、纺织。清道光年间，曾国藩正任内阁学士兼礼部侍郎，有一次受到政敌的恶言相逼，别无选择，曾国藩为表清白，堵住敌人之嘴，竟当着众人的面把自己脱得精光，露出瘦削、文弱、矮小的身子，光着身子走进银库清点现银，从而查清了国库亏空的真相，揪出了真正的国家蠹虫，堪称古往今来真正的第一"裸官"。

二

比起"俭"字，曾国藩更看重"勤"字。曾国藩根据儒家思想提出"八德"说：勤、俭、刚、明、忠、恕、谦、浑。"八德"之中，"勤"居第一，"俭"居第二。

在曾国藩看来，"俭"是节流，"勤"是开源。只一味节省，不去创造，面对着日渐耗尽的财富，一个人很难做到心态平和。只有把双手与大脑调动起来去创造财富，学上一套吃饭的本领，才能做到无惧无畏。

曾国藩家的仆人很少，有一段时间，欧阳夫人和几个女儿陪他住在两江总督官署里。欧阳夫人身边没有女佣，只能以每月八百文的价格雇了个村姬干杂活儿。两个已婚女儿，一个身边有个小婢，一个身边没有婢女，只好以二十来缗钱买了一个婢女。曾国藩知道以后批评女儿，让她自己能做的事情自己做，女儿只好把婢女转卖出去。

曾国藩的儿媳、女儿都是自己缝衣做鞋，梳头洗脸，从没有像影视剧中的夫人小姐们那样一天到晚有一群丫头老妈子侍奉着。

曾国藩的好友欧阳兆熊写过一件事："曾文正夫人，为衡阳宗人慕云茂才之妹；冢妇刘氏，即陕西抚霞仙中丞女也。衡湘风气俭朴，居官不致常度，在安庆署中，每夜姑妇两人纺棉纱，以四两为率，二鼓即歇。是夜不觉二三更，劼刚世子已就寝矣。夫人曰：'今为尔说一笑话，以醒睡魔可乎？'有率其子妇纺纱至深夜者，子怒詈谓纺车声聒耳不得眠，欲击碎之，父在房中应声曰：'吾儿可将尔母纺车一并击之为妙。'翌日早餐，文正笑述之，座中无不喷饭。"

曾国藩的夫人和大儿媳，一个是总督夫人，一个是巡抚之女，婆媳两人经常晚上纺纱到深夜。这天婆媳纺纱到半夜，曾国藩的儿子嫌纱车声让他无法入睡，嚷着要去把媳妇的纺车砸了，父亲在房中说："你还是把你娘的纺车一起砸了吧。"第二天早饭时，曾国藩把这件事讲给人们听，人们无不笑得喷饭。

为了督促女眷们做工，曾国藩给她们定了一份功课单：

早饭后，做小菜点心酒酱之类（食事）。

巳午刻，纺花或绩麻（衣事）。

中饭后，做针黹刺绣之类（细工）。

酉刻，做男鞋女鞋或缝衣（粗工）。

曾国藩亲自检查她们的工作完成情况。对"食事"每天检查一次，对"衣事"三天检查一次，对"细工"五天检查一次，对"粗工"每月检查一次。每月必须做男鞋一双，女鞋不验。

对曾家男子，曾国藩规定每天"看""读""写""作"缺一不可，他经常于百忙之中检查儿孙侄子们的功课。曾国藩还坚持给子女写信，为他们批改诗文，探讨学业和生活中的种种问题。他写信给儿子曾纪泽，要他每天起床后，衣服要穿戴整齐，先向伯、叔问安，然后把所有房子打扫一遍再坐下来读书，每天要练一千字。

在曾家，从男到女，从老到幼，看不到一个闲人。男子读书，女子做工。女子做工之余，也跟着叔叔哥哥们读书；男子读书之余，也做些力所能及的家务。

三

曾国藩这样做，不是不疼爱家人，而是他知道对家人越疼爱，越应该为他们的长远发展着想。与其给儿孙留万贯家财，不如给他们留良好家风和谋生本领。

有人用一副对联概括曾国藩的一生："立德立功立言三不朽，为师为将为相一完人。"

在曾国藩看来，"勤"与"俭"是"立德""立功"的一部分。"勤俭"既可以生产物质财富，又可以促进人格完善。

曾国藩的一生历尽艰辛，他从一个湖南小乡绅之子通过科举考试成为一名京官，又以一介书生而兴办团练。他见过奢侈无度的纨绔子弟，见过衣食无着的贫苦百姓，所以，他拥有大部分人不具备的危机意识。

曾国藩说："生逢乱世，居家之道，不可有余财，多财则终为患害。又不可过于安逸懒惰……使子弟自觉一无可恃，一日不勤，则有饥寒之患，则子弟渐渐勤劳，知谋所以自立矣。"

他认为在乱世里，积财是愚蠢行为，钱财越多越危险。不如让儿孙一无所恃，置之死地而后生。

他在写给儿子的信中说："凡世家子弟，衣食起居无一不与寒士相同，庶几可成大器。"有眼界又肯吃苦的世家子弟，自然能成大器。

曾国藩的儿女都谨记父亲的教诲，低调做人，不慕荣华。

曾国藩长子曾纪泽是一位外交家，在与俄国谈判时他据理力争，为我国夺回五万多平方公里的土地。他的次子曾纪鸿是一位数学家，著有多部数学著作。

在曾国藩的严厉约束下，他的侄子们也都踏实务实。曾氏家族人才辈出，群星光耀，既有数学家、化学家、医学家，也有实业家、教育家、画家、艺术家。

反观那些给儿孙们留下金山银山的，儿孙往往不成器，很快把家业败光。

李鸿章比曾国藩善于"聚财"，仅他的孙子李国杰就从父亲手中分得"1.3万亩租田，一片山场，一座恒丰仓楼房，上海一座三层楼房……"李国杰吃喝嫖赌，五"毒"俱全，四十来岁就把财产败光，病死在朋友家里。

盛宣怀的儿子盛恩颐与李国杰相比更不成器。盛宣怀是清末民初首富，他留下的遗产高达一千多万两白银，盛恩颐分得几百万两银子的遗产，在上海是首屈一指的公子哥儿。

他喜欢豪车，上海第一辆进口汽车是他买的。他喜欢跑马，在跑马场养了七十五匹马。他还养了一群姨太太，给每位姨太太都配上花园洋房、进口汽车和男仆女仆。

更糟糕的是，他还有赌博和抽大烟的恶习。

他在赌桌上有个"壮举"，一夜把北京路黄河路一带一个有一百多座房子的弄堂输给了浙江总督卢永祥的儿子。

他晚上在赌桌上豪赌，第二天睡到下午四五点才起床，起床后一看有事要用钱，而家里的现钱又不够，家里没钱用，他就让人拿些东西到当铺里当掉，第二天银行开门取出钱再赎回来。

他担任汉冶萍公司总经理，他的英文秘书宋子文在公司里几乎见不到他，只好到家里去堵他。他儿子说他："爹爹是躲在烟榻上，一边抽大烟一边批文件的。"

他最后死在盛家祠堂里。

四

那些绵延百年以上的名门无不重视德行，把"勤俭"当作美德。

新中国成立以后，我们也"提倡勤俭节约，反对铺张浪费"。

财富不会从天而降，而是人的双手和大脑创造出来的。我们改革开放以后取得的成就是全国人民勤奋努力的结果。

我们还没有富裕到躺在钱堆里打滚的地步，我们跟那些发达国家还有距离，这需要我们用勤奋努力去追赶。

世界上除了少数资源特别丰富的国家，大部分国家走上富裕之路靠的都是勤奋。经济学上有个词语叫"资源诅咒"。一个拥有大量的某种不可再生的天然资源的国家，由于卖资源就可以赚钱，往往面临工业化低落、产业难以转型、过度依赖单一经济结构的窘境，经济发展速度反而不如一些资源匮乏的国家。

看来，"家"与"国"有相似之处。人的天性是懒惰的，追求享乐的，有"老本"可吃，就愿意躺着吃"老本"，不去吃苦受累谋生存。这样，很容易被没有"老本"可吃的人超越。

古人云，"莫欺少年穷"，少年时期的穷困会转化为动力，促使人勤奋。一个人形成了勤奋的习惯，就会走一条积极向上的路。那些吃"老本"的人却在不知不觉中后退。

就像前文提到的盛恩颐和宋子文。盛恩颐有"老本"可吃，每天吃喝玩乐；宋子文的父亲只是个小富翁，儿女们都要工作养家，反而儿女个个成器。

忆古思今，我们倡导勤俭之风并不是说一定要像曾国藩那样每餐只吃一个菜，好衣服叠在箱子里不舍得穿。曾国藩对家人的要求是基于那个物质匮乏的时代，在一个存在着大量饥民的时代，任何浪费都是可耻的。如今，我们这个时代物质丰富，适当消费可以促进生产发展，但是曾国藩家训中提倡的"勤""俭"美德并不过时，仍值得我们去继承和发扬。

是的，勤俭是永恒的美德，每个时代都需要勤俭，勤俭之风更应当代代传承，亘古永存。厉行勤俭，从你我做起，从今天开始！

养心与修身

著名作家狄更斯曾经说过："一个健全的心态，比一百种智慧都要更具有力量！"这句话让我想到了"养心与修身"这五个字。为什么呢？因为现代人太需要养心与修身了。随着社会飞速发展，处于浮躁、紧绷、焦虑等状态下的人也在增多，程式化的生活方式让他们的生活失去应有的活力，有些人长期忽略自己的内心，也从不想要去养心，无法体味万事以修心为先的道理，自然无法面对生活里的风雨，更难以抵挡岁月的沧桑。所以，欲修身，先养心。

谈到养心与修身，我首先想到的是曾国藩《诫子书》里的四句话："慎独则心安，主敬则身强，求仁则人悦，习劳则神钦。"这四句话是曾国藩工作和生活的准则。这四句话的意思是，一个人独处时思想、言语、行为谨慎就能在处世时做到心平气和，主观上对人对事对物态度恭恭敬敬就能使身心强健，讲究仁爱就能使人心悦诚服，努力工作、辛勤劳动就能使神明感到钦佩。这些准则不仅指导了他个人的行为，也对后世产生了深远的影响。

慎独则心安。在曾国藩看来，一个人如果能在没有外界监督的情况下依然保持正直，那他的内心必定坚定而清明。在现实生活中，慎独是一种超然的心态。当不受人监督的时候，保持内心的纯净和行为的正直，这无疑是对自己最大的尊重。说起"慎独"的话题，我想起父亲的慎独时光。父亲年轻时曾帮助他的一个朋友照看过米面加工厂，父亲的这个朋友是外地人，经常出门在外，对父亲非常信任，把米面加工厂交给父亲全权打理。五年多时间，父亲没有从中捞一分钱好处，每年到年底，父亲都将这一年的账目和收入全部交给他的朋友。父亲的朋友也非常大方，会给父亲专门包一个红包，但父亲一次也未收。后来，父亲的这个朋友和父亲结拜为兄弟。父亲的行为让我明白，即使在无人监督的情况下也保持正直，能带来心灵的安宁，得到他人的尊重。

主敬则身强。尊敬人和物是曾国藩尤为重视的一个原则。在他的工作和生活中，始终对人对事保持着一种敬畏之心。他认为，只有尊重他人，才能赢得别人的尊重和信任；只有尊重自然和社会规则，才能在复杂多变的环境中稳健前行。

"主敬则身强"强调的是一种恭敬谨慎、专注认真的生活态度和精神状态。这种态度不仅有助于个人内心的平和与坚定，还有利于身体健康。在生活中保持恭敬谨慎的心态，能够减少焦虑、烦躁等负面情绪带来的身体负担，使身心得到更好的休息和恢复，从而增强身体的抵抗力。一个恭敬谨慎的人往往能够带动周围的人共同营造和谐、积极的生活和工作氛围。此外，现代科学也表明，良好的心态和情绪状态对身体有益。因此，

"主敬则身强"这一古老智慧在现代社会依然具有重要意义。

求仁则人悦。仁爱是儒家思想的核心，曾国藩深谙此道。无论是对待下属还是平民百姓，他都秉持着一颗仁爱之心。他认为，仁爱能够化解冲突，拉近人与人之间的距离。一个心怀仁爱的人，自然能够赢得他人的喜爱和尊敬。在我任随州日报社记者的时候曾采访过一名叫苏杭的小学老师，她曾在乡村教书三年。在随州市万店镇希望小学教书期间，她竭尽全力号召社会上的爱心人士资助学校的贫困生、留守儿童，让一个个面临辍学的学子完成学业。在寒冷的冬天，作为一名班主任，为了让孩子们泡脚，每天下班后她烧好热水送到学生宿舍。当她了解到贫困生的学习成绩严重掉队，父母又不能在身边辅导时，她主动担任晚辅教师，每晚辅导到十点，并组织"帮扶小组"，关注留守儿童的心理问题。苏杭的仁爱行为赢得了学生家长的一致好评。

习劳则神钦。曾国藩认为，劳动不仅能锻炼人的意志和能力，还能让人获得成长和智慧。无论是学习还是工作，都应该全力以赴，勤勤恳恳。

劳动是人类最美的姿态，它创造了世界，也塑造了我们的灵魂。世间一切美好，皆源于辛勤的劳动。我的家乡鄂北随城是一座勤劳之城。"勤"是一条神奇的线，用它可以为城市穿起无数晶莹璀璨的珍珠。在炎帝神农诞生的地方，在中国专用汽车之都，"勤"这种精神也被焊接工匠们牢牢地焊接于梦田。

国庆节前，我以一名地方作家的身份走进随城某专汽公司，在飞溅的焊花中，我看见焊接师傅们把一块块钢板"缝制"得"天衣无缝"，成为一个个特种车的罐体。采访中，我得知这是程力集团 42 岁的油罐焊接工艺和技术带头人冉作义的幸福时刻。
2012 年，冉作义作为专业技术人才，被程力集团从荆门宏图公
司引进，成为油化公司油罐班组的一名焊工。

十余年来，他与公司技术人员共同完成了许多新产品攻关
任务，施焊的产品多次被公司评为精品焊口，参与制造的油罐
车，因质量过硬，多次中标国家重点工程，产品出口海外，服
务"一带一路"，为国家建设和国际合作做出了贡献。公司专门
成立了"冉作义工作室"。他先后被评为"优秀共青团员""曾
都工匠""随州工匠""湖北省劳动模范"。

2019 年，公司接到一批海外油化工程的大订单，领导将这
项重要任务交给冉作义班组。时间紧、任务重、要求高，冉作
义带领班组成员制订周密计划，优化设计方案，开展技术攻关，
连续一个多月吃住在车间，终于按期圆满地完成任务，产品合
格率达到 100%，赢得海外客户的称赞。

勤劳成就梦想，焊花灿烂人生。这就是冉作义，对工作的
专注、对细节的执着、对事业的热情，让看似平凡普通的他绽
放绚丽光彩。

"慎独则心安，主敬则身强，求仁则人悦，习劳则神钦。"
我是在中年时期品读曾国藩的这四句话的。中年人意味着有了
一定的人生阅历，阅历是一个人最大的财富，此时品读曾国藩
的这四句话，我深感这不仅仅是他个人的处世哲学，更能启示
我们。在今天这个快速变化的时代，我们同样需要慎独以保持
内心的平静，需要主敬以使自己变得更加强大，需要求仁以赢
得他人的尊重和喜爱，需要习劳以实现自身的成长和完善。

好习惯，成就好孩子

提起孩子习惯的养成这个话题，晚清第一名臣曾国藩的家教观值得现代家庭深思。他说："看一个家族的兴败，看三个地方：第一，看子孙睡到几点，假如睡到（太阳）升得很高的时候，那代表这个家族会慢慢懈怠下来；第二，看子孙有没有做家务，因为勤劳、劳动的习惯影响一个人一辈子；第三，看后代子孙有没有在读圣贤的经典。"我想，曾国藩提出的这"三看"对于现代家庭培养孩子良好习惯同样具有重要意义。

早起的幸福

民间有句谚语说："早起三光，晚起三慌。"意思是说，起得早事情就能办得周详些，对身体也有好处，光光彩彩，故曰"三光"；起得晚时间不够用，办事自然马虎些，对身体亦无好处，每天慌慌张张，故曰"三慌"。这句谚语告诉我们，一个能掌控自己早晨的人才能掌控自己的人生。

不用多说，早起的好处肯定是很多的，具体有哪些明显的好处呢？我认为，至少有三个方面的好处。一是精力更旺盛。早起者通常起床更快，而且头脑更灵活，能够快速集中注意力投入到工作和学习中，也不容易疲劳。二是办事更高效。早起者头脑更清醒，遇事提前计划，行动更加果敢，做事自然效率更高。三是幸福感更强。早起的人的情绪更加积极向上，自我感觉更好，健康意识也更加强烈，抑郁风险小，为人更加乐观和善。

早上是一天的起点，因为每天的太阳都是崭新的。当沐浴着清晨的第一缕阳光，我顿时感到整个世界都是清亮的，阳光透过淡淡的雾气，温柔地洒在万物上，别有一番赏心悦目的感觉。当然，这只是对早起感官上的体验。从某种程度上讲，坚持早起不仅代表着一个人的习惯，更是一种良好家风的体现。关于早起习惯，曾国藩在家训中写道："居家以不晏起为本。"要求即使居家无所事事的时候，也不要睡懒觉，每天要坚持早起。

早起，正是居家过日子的根本，从曾国藩的曾祖父开始，便有了早起的家风，曾国藩更是每天天不亮就起床。曾国藩在道光二十二年冬曾给自己定下了每天读书的十二条规矩，其中最重要的一条是早起。"早起"这两个字也是他为官的深刻体悟。曾国藩进入京城翰林院的前三年工作十分清闲，经常与朋友吃吃喝喝，因此染上了许多毛病，比如多言、浮躁、喜欢开玩笑、学业荒废、暴饮暴食等，这也直接导致他精力亏损，总是晚睡晚起，还因此得了一场大病。他的父亲还专门给他写了一条保身之训——"节劳节欲节饮食"。吃一堑，长一智，曾国藩减少了交际应酬，生活也更加规律，早起早睡，读书学习，精气神也慢慢恢复。

"黎明即起，醒后勿沾恋"是曾国藩家训里的一句话，也是他坚持早起的写照。曾国藩认为，早起不仅仅是简单的习惯，更是一个人性格与前途的一种映射。养成早睡早起的习惯不仅对人的身体有益，更重要的是体现了一个人对生命的态度。《曾国藩年谱》中提到他"每日未明而起，甫明而食，凡十余年如一日"，即每天天不亮就起床，天刚亮就吃早饭，十余年如一日。他大约每天早上五点钟起床，六点左右吃早饭，饭后开始忙政务。

如何才能做到早起？曾国藩认为要做到早起首先要早睡。他在家书中介绍自己的经验说，夜不出门，旷功疲神，切戒切戒。为了能够早起，他调整了自己的生活计划，把社交安排到白天，特别是下午，晚上就不再出门，早早为睡觉做准备。他还经常对部属们说，早起是一种态度，要想改变自己，有所作为，早起是第一块"多米诺骨牌"。

曾国藩常年坚持早起，行军打仗时也未曾改变。他手下的幕僚、将领也无不效法，没有一个睡懒觉的。早起伴随了曾国藩的一生，使他在清朝时期锤炼出坚忍不拔的品格，成为一代名相。同时，曾国藩把早起列为曾家重要的家风，他的家族后代也多受早起家风的影响。

写到这里，我想起春秋时期著名乐师师旷对晋平公说的一席话。他说："少而好学，如日出之阳；壮而好学，如日中之光；老而好学，如秉烛之明，秉烛之明，孰于昧行乎？"这段话的意思是说，一个人在少年的时候好学，就像早晨的太阳，辉煌而灿烂；壮年时候好学，就像正午的太阳，还有半天的好时光；到了老年好学，就像蜡烛的火焰，虽然不见得那么明亮，但有了它，总比在黑暗中摸索要好些吧。这段话至今仍给人以深刻的启迪和鼓励。

俗话说："一寸光阴一寸金，寸金难买寸光阴。"不要在夕阳西下的时候才想起还有什么事情没有做好，最好在旭日东升的时候就弯下腰杆，用早起的时光为自己的梦想添砖加瓦，让生活绽放出更加绚烂的光彩。

提起早起习惯的养成，我想起女儿上初中时的那段时间。女儿初一在城区一所中学走读，那时她每天下晚自习回家后不是想着早点睡觉，而是满脑子想着玩手机游戏，经常玩到凌晨才睡觉。结果到了第二天早上拖着疲惫的身躯慌慌张张进学校，有时读着书就趴在课桌上睡着了，这样的精神状态对于学习是极为不利的，所以初一下学期她的学习成绩明显下降。后来因为我工作调动，女儿转到乡镇学校念初二，住校。学校管理非常严格，丢掉手机后的女儿养成了早睡早起的好习惯，学习效率大大提高，学习成绩迅速得到提升，最终考上了理想的高中。

家务的温暖

在现实生活中，不知你是否发现做家务似乎就是父母的事情。

提起让孩子做家务，可能会有不少家长持反对意见，他们认为孩子每天学习非常紧张，再让孩子干家务活儿会耽误时间影响学习，所以大多数家长总叮嘱孩子管好学习就行了，其他什么都不用管。实际上，家长们的这种观点是让孩子离具备责任心越来越远。

如果你细心观察，一定不难发现，凡是会主动做家务的孩子不仅比同龄孩子更懂事，学习成绩也很好，更重要的是他们能体会到父母的辛劳，而会体谅父母的孩子自然和父母的关系很融洽，也更懂得对父母感恩。我认为，从小培养孩子做家务的习惯至少可以提升孩子的三种能力。一是生活自理能力。通过做家务可以让孩子学会如何照顾自己，如整理房间、洗衣做饭等，这些技能对于他们的独立生活至关重要。同时，做家务可以让他们懂得合理安排时间，学会如何高效利用时间，这对于他们未来的学习和工作都有很大帮助。二是负责任的能力。做家务能够让孩子意识到自己是家庭的一员，有责任为家庭的整洁和舒适做出贡献。这种责任感会延伸到他们的学习和生活中，有利于他们自律。三是社交能力。做家务往往需要家庭成员之间协作和配合，这有助于孩子学会如何在团队中发挥作用，与他人合作完成任务。通过参与做家务，孩子会意识到自己对社会的责任，从而培养出更加积极的社会责任感。更重要的是，在做家务中不断尝试和克服困难，孩子可以逐渐建立起对自己的信心，相信自己能够胜任更多的任务。因此，家长应该重视并鼓励孩子参与家务劳动，为他们创造一个更加健康、和谐、积极的成长环境。

经典的力量

如果你问我读经典书籍的意义在哪里，我的答案是，读经典书籍可以让我们更好地认识自己和世界，因为经典书籍蕴含的哲理往往更加贴近事物的本质，揭示了事情的本质、规律，通过读经典书籍，我们能吸取前人的经验和教训，提升我们的认知水平和思维能力。就像老子的《道德经》，孔子及其弟子的《论语》，以及那些流传至今的其他世界经典名著，不管历经多少年，世人仍会拜读，被警醒。所以，经典的书籍永远都不会过时，永远都有益处。另外，读经典还可以培养我们的审美情趣和人文素养，让我们更加懂得欣赏美、创造美。对于孩子来说，读经典更是意义非凡。一个孩子如果从小就阅读了大量经典的书籍，那么他的智力水平一定会比较高，因为智力启蒙最重要的手段就是阅读。可以说，从小培养孩子读经典书籍的习惯，有助于孩子形成良好的品格和健全的人格，进而助力孩子未来发展。

那么，我们该如何培养孩子读经典的良好习惯呢？这里我想谈谈培养我女儿阅读经典书籍习惯的心得。记得女儿小时候对于阅读经典书籍毫无兴趣，后来我通过激励的方式帮助她养成了坚持阅读经典书籍的好习惯。我的奖励办法很简单也很有效，那时我与女儿约定每天一起阅读经典文章三十分钟，并约定每周为一个奖励周期。我还认真制定了一个表格，每当女儿完成一天的阅读目标，我就在表格上贴上一个贴纸。每周结束时，如果女儿七天的阅读目标完成，我就从一个小奖品池中选择一个她喜欢的奖品，比如玩具、美食或者外出活动的机会。为了增加女儿的阅读兴趣，我还专门为她提供了各种类型的书籍，让她有更多的选择。每当女儿完成阅读后，我都会认真倾听她的读书心得，并给予积极的反馈和鼓励，让她感受到阅读带来的成就感。经过一段时间的坚持，女儿逐渐对阅读产生了兴趣，她开始主动要求阅读更多的书籍。奖励机制不仅激发了女儿的阅读兴趣，还培养了她坚持阅读的好习惯。

培养孩子的好习惯既要严要求，更要讲方法。家长在引导孩子养成好习惯的过程中，不仅需要有足够的耐心和细心，更需要不断地尝试和调整方法，以找到最适合孩子的方式，只有这样，才能达到事半功倍的效果。

好习惯成就好孩子，请不要把这句话当成"心灵鸡汤"，而要把它当成孩子历练成长的"清醒剂"！

天道酬勤

从进入西藏当兵开始，"天道酬勤"这四个字便成为我的座右铭。当时，我最大的梦想是当一名军旅作家，但新兵下连时我到炊事班工作，每天与锅碗瓢盆打交道，我深知，在这种现实情况下，要想实现军旅作家梦简直难于上青天，但放弃梦想又不甘心，于是我鼓足勇气开启了自己漫长的追梦之旅。

我追梦是从遇到贵人开始的。记得进入炊事班工作不久，忽然有一天，连队迎来了一名著名军旅书法家。在连队炊事班的宿舍里，书法家专程为我们十名炊事兵一人写一幅字，每名炊事兵可以说出自己想要的字，轮到我的时候，我一下子愣住了。书法家问我写什么，我说写什么都行。书法家想了想对我说："老兵，就写'天道酬勤'这四个字，你看行吗？"我连说："好啊！就写'天道酬勤'。"于是，他边写边对我说："'天道酬勤'是我写得最多的字。二十年前我和你一样也是炊事兵，后来因为爱好书法，勤于练笔，才有了今天跟你们分享书法作品的机会……"

说实话，我对书法并不懂，但书法家勤奋追梦的精神感染了我。顿时，我感到"天道酬勤"这四个大字犹如一股清泉，悄悄在心间流淌，激励着我不断前行。后来，书法家成为我的恩师。再后来，我转为士官，分到了一间士官公寓，我特意把这四个大字装裱后挂在墙上。每当我凝视着这四个字时，仿佛能看到书法家为追逐梦想挥毫泼墨时的坚定与执着。这四个字挂在墙上如同一面镜子，映照出我内心对军旅文学的渴望和追求。于是，我在心里暗暗发誓向书法家学习，做勤奋的追梦者，即使不能成为军旅作家，也要写出自己内心对部队的热爱，对战友的深情。后来，我开始阅读大量的文学作品，先是模仿着写一些小文章，慢慢地，我的文学作品开始见诸报端。再后来，我连续出版了两部散文集、一部长篇报告文学。此时，我感到梦想正在向我招手，尽管我的文学作品还不完美，但我靠着自己的勤奋努力在文学道路上迈出了重要一步，这让我对未来充满了信心。

蓦然回首，我感到这些年除了自身辛勤努力外，精神激励也非常重要。每当看到自己的小进步，我便会打量挂在墙上的四个大字"天道酬勤"。它无时无刻不在提醒我：在追逐梦想的道路上，没有捷径可走，只有不懈奋斗才能抵达成功的彼岸。

我是文学爱好者，平时尤其爱好琢磨成语，何为"天道酬勤"？通过查阅史料，我比较认同的说法有两种，一种是《周易》中的卦辞："天行健，君子以自强不息；地势坤，君子以厚德载物。"其中蕴含着天道酬勤的哲理。另一种是《论语》中提及的"天道酬勤"，意指上天会偏爱勤奋的人，付出努力一定会得到回报。其实这两种说法都彰显了勤奋努力的重要性。

当然，"天道酬勤"四字还蕴含着更为深刻的世间哲理。"天"，浩瀚无垠，象征着宇宙万物之始，自然法则之所在。它不言不语，却以四季更迭、日月交替，默默诉说着世间万物生生不息的规律。"道"，是宇宙间运行的法则，是万物生长的轨迹，是人与自然和谐共生的智慧。它无形无象，却无处不在，引领着生灵遵循自然，顺应天道。"酬"，意为回报、奖赏。它告诉人们，每一份付出都不会白费，每一滴汗水都会浇灌出希望的花朵。天道公正无私，它不会辜负每一个勤勉努力的人。"勤"，则是勤劳、勤奋的意思。它代表着不懈的努力、持续的奋斗，以及对梦想的执着追求。勤劳是中华民族的传统美德，是成就一切事业的基石。

提到"天道酬勤"的典型故事，我立刻想到了曾国藩勤政，他对于"勤"字的认知可以说为现代人提供了众多有益的启示。曾国藩说，为官者当有五勤："一曰身勤：险远之路，身往验之；艰苦之境，身亲尝之。二曰眼勤：遇一人，必详细察看；接一文，必反复审阅。三曰手勤：易弃之物，随手收拾；易忘之事，随笔记载。四曰口勤：待同僚，则互相规劝；待下属，则再三训导。五曰心勤：精诚所至，金石亦开；苦思所积，鬼神迹通。"接下来，谈谈个人对曾国藩"五勤"的认识和感悟。

"身勤：险远之路，身往验之；艰苦之境，身亲尝之。"意思是，对于遥远而危险的道路，要亲自去走一走，体验它的艰险；对于困难和艰苦的环境，要亲自去体验，感受它的艰难。而许多现代人恰恰相反，不愿走出"舒适区"，去尝试新事物，体验不同的生活状态，这样工作只会浮于表面，长此以往对自身的成长进步百害而无一利。

"眼勤：遇一人，必详细察看；接一文，必反复审阅。"意思是，在遇到一个人的时候，应该仔细观察他的特征和行为；在处理文件时，应该仔细审阅，不放过任何细节。在快节奏的现代生活中，我们往往忽视细节，但细节往往能决定事情的成败。无论是在人际交往中，还是在处理工作任务时，细致的观察和反复的审阅都是必不可少的。因此，我们要始终保持耐心和细心，对待每一个人、每一件事都要认真负责，这样才能确保人际关系的和谐和工作的质量。

"手勤：易弃之物，随手收拾；易忘之事，随笔记载。"意思是，对于容易丢弃的物品，要随手收拾好；对于容易忘记的事情，要随时记录下来。这里强调的是及时行动和记录的重要性。在日常生活中，我们经常会遇到一些小事情，如果不记下来立即处理，就可能被遗忘或造成混乱。这句话提醒我们，要有良好的生活习惯，及时整理和管理好自己的物品和事务。在工作上，这也意味着要有条不紊地记录和处理每一项任务，以提高工作效率和质量。

"口勤：待同僚，则互相规劝；待下属，则再三训导。"意思是，对待同事，要相互规劝和提醒；对待下属，要耐心教导和指导。在现代社会，无论是在工作团队中，还是在家庭生活中，沟通和指导都是非常重要的。这句话告诉我们，要乐于与他人交流，相互帮助，共同进步。作为领导或前辈更应该耐心指导和培养年轻人，帮助他们成长。

"心勤：精诚所至，金石亦开；苦思所积，鬼神迹通。"意思是，只要心意真诚，即使金石也能被打开；只要苦思冥想，即使鬼神也能被感动。这句话告诉我们，只要我们心意真诚，坚持不懈，就能克服困难，实现目标。在现实生活中，只有付出真诚和努力，才能最终实现自己的愿望。

　　写到这里我在想，无论是天道酬勤的军旅书法家，还是勤勉敬业的曾国藩，都在启发我们，只有坚持勤奋，才能成就美好人生。在快节奏的现代生活中，我们或许会因为一时的疲惫而想要放弃，但请记住，"天道酬勤"不仅是古人的智慧结晶，更是我们前行的灯塔。只要坚持不懈，勤勉努力，就一定能够迎来属于自己的春天。

勤俭无小事

　　勤俭是一种美德，自古以来一直都被很多人作为做人处世的良训，更被很多家庭奉为传家之宝。曾国藩在家训中告诫后世子孙："无论大家小家，士农工商，勤苦简俭，未有不兴，骄奢倦怠，未有不败。"这句话的意思是说，无论是资产丰厚的大家族还是条件一般的小家庭，也不论士农工商各个阶层，只要是勤俭节约的，没有不兴旺的，只要是骄奢倦怠的，没有不衰败的。

　　曾国藩虽身居高位，手握重权，但一生节俭自守，丝毫没有当时高官的骄奢淫逸之风。他在京城当官时饮食方面极其平常，平日主要以豆腐、腌菜、泡菜佐食，且都是菜根。只在客人来的时候稍加荤菜，也主要是给客人备的。曾家家规还有"女子每月做鞋一双，腌菜一坛"。

　　曾国藩在京城做官时，遇有家乡人给他带来腌菜，他便非常欢喜，并说，凡有进京的常捎一些吧，这腌菜不能缺，一年到头全靠它下饭呢。李鸿章说："恩师的一日三餐连满人的一般百姓都不如。"曾国藩招待李鸿章时除一盘煎豆腐，三面围了豆角炒辣子、姜丝肉条、油炸花生米外，另有两个小盘子，盛的是两种腌菜。

曾国藩对儿女们的教育很重视，他知道自己的一言一行对儿女们的影响很大，所以凡事他都做表率。曾国藩在吃饭遇到饭里有谷时，从来不把它一口吐在地上，而是用牙齿把谷剥开，把谷里的米吃了，再把谷壳吐掉。所以，儿女们都非常珍惜粮食，从不浪费一粒米。

曾国藩共有两个儿子、五个女儿，在他的教诲下，儿女们均秉承了勤奋、俭朴、孝悌的良好家风。在读书为明理的家教影响下，曾国藩的长子曾纪泽只参加了一次乡试后，就专心攻读外文，阅览大量的西方著作，悉心学习西方文化，在外交方面显示了他的才干，成为中国近代著名的爱国外交家。次子曾纪鸿，专攻天文、算学，取得了不小的成绩。曾国藩的女儿，在家风家教的熏陶下，出嫁后都是勤俭持家的贤妻良母，尤其是曾国藩最疼爱的"满女"曾纪芬嫁入衡山聂家后，丝毫没有千金小姐的娇纵习气，相夫教子、勤俭持家，促使聂家门庭不断兴旺发达。

孙辈以后，曾国藩的后人依然人才辈出。曾广铨是曾纪泽的长子，跟随父亲出国期间刻苦学习外语，精通英、法、德等多种语言，后曾任京师大学堂译学馆总办，是清末著名的翻译家。曾广钧是曾纪鸿的长子，从小读书勤奋刻苦，23 岁便中进士入翰林，是翰林院最年轻的，被称为"翰林才子"。曾国藩的直系后辈，到第四、五代时已达 140 人，大都在学术、科技上有所成就，没有出过一个纨绔子弟。曾约农，少年时期便远赴英国留学，获伦敦大学理科工程科学士学位，后倾尽全力投身教育事业。曾宝荪，知名教育家，是中国第一个在伦敦大学获得理科学士学位的女性。1917 年，她创办长沙艺芳女校兼任校长，曾多次出席世界性的教育会议。

曾国藩的家风家教思想还深深地影响了曾氏族人。曾国藩四位弟弟的后辈也多秉承曾家勤劳、俭朴、孝悌的家风，不论是读书、为官都有所成。曾纪梁，曾国藩大弟弟曾国潢的长子，13 岁时，便与堂兄曾纪泽每天徒步八里路去九峰山上的定慧庵读书。咸丰末年，曾纪梁顺利考中秀才，但因有乡人戏言"曾氏家门鼎盛，县官每次送秀才一位"，便即易名，用学名怀柳再次参加县试，并再次中试。此外，曾纪渠、曾纪瑞等也是曾氏后辈中的佼佼者。

时至今日，曾国藩的后辈已传至第八代，且已遍布世界各地。尽管如此，曾国藩所倡导的家风家训，仍对这些后人有深深的影响。

勤俭是中华民族的传统美德，永远闪耀着璀璨的光芒。北宋著名的思想家、政治家、军事家范仲淹堪称勤俭持家的典范。范仲淹 2 岁丧父，由于家境贫寒，曾寄居长白山的寺庙读书。每天晚上煮锅小米粥，经过一宿凝成胶状，早起后用刀划为四块，早晚各取两块，这就是他一天的食物，这样的生活持续了三年。尽管后来官至参知政事，范仲淹仍保持着节俭朴素的生活作风，对子女也同样严格要求。

次子范纯仁娶的是官宦世家王质之女，王质的伯父是北宋真宗时期担任宰相的王旦。范纯仁之妻由于出身名门望族，自幼生长于锦绣堆中，据说在娘家曾用罗绮做帷幔。罗绮是一种质地轻软而又有花纹的高级丝织品，价格昂贵。

在儿媳妇未过门前，范仲淹听说了此事，尽管与王质是好友，仍不留情面地说："罗绮岂帷幔之物耶？吾家素清俭，安得乱吾家法，敢持至吾家，当火于庭！"范仲淹给亲家及未过门的儿媳妇"上了一堂俭朴课"。俭朴的范仲淹并不吝啬，在帮助他人时，非常大度慷慨。正是范仲淹勤俭的家风，造就了子孙勤俭的品格，范纯仁从布衣到宰相，廉洁勤俭始终如一。

阅读名人勤俭持家的闪光故事，让我联想起勤俭持家的大妹。大妹虽小我 2 岁，但可以肯定的是她吃的苦比我多，所以她比我更懂得勤俭的意义。

记得我当兵那年大妹 16 岁，当时我义无反顾地来到遥远的西藏拉萨，成为一名解放军战士，一下子大妹成为家里的顶梁柱。当时父亲在外地打工，母亲甲亢的老毛病还未完全康复，小妹的学费还没有着落，爷爷奶奶的身体也不是很好。但是，大妹为了让我安心当兵，每次写信给我总是报喜不报忧，每封信的第一句话都是：家里一切都好，请不要挂念。后来休假，我才知道大妹为了这个家付出了我想象不到的辛劳。

大妹在我当兵那年刚初中毕业，为了照顾爷爷奶奶、母亲和小妹，她毅然放弃了上中专的机会，也放弃了南下打工的机会，而是来到离家最近的镇上服装厂做起了一名普通的缝纫工。尽管每天很辛苦，但她很能干，也很勤俭，把这一大家子人照顾得妥妥当当。在服装厂上班有一个好处是衣服不用买，每年家里的衣服都是大妹用服装厂边角布料做成的，尽管衣服是由不同颜色的边角布料做成的，但经过大妹的巧手加工，感到每件衣服穿上也很得体，而且漂亮时髦，不少亲戚朋友都夸赞大妹的手艺。

大妹的勤俭品质也让她拥有了美好的婚姻。大妹夫是一名退伍军人，和大妹一见钟情，当时他俩都没有稳定的工作，但都勤俭持家。他们结婚后，大妹夫就跟随小妹夫到浙江发展了，小妹夫当时是浙江某小家电生产厂的老板，大妹夫虽然学历不高，但勤奋好学，很快在小妹夫的厂里学会了车床修理，后来成为厂里的修理技术骨干。大妹夫在修理工作中十分勤俭节约，生怕浪费一个小小的螺丝帽，正是靠着勤俭的精神，大妹夫得到大家的信任，大家都推选他当修理车间主任。

大妹夫工作稳定后，虽在大城市，但从未想过花天酒地，而是把每一笔钱都用在孝敬老人和改善生活条件上。这些年，经过大妹和大妹夫的共同努力，他们首先在镇上有了自己的住房，后来又在地级市买了房，一家三口过得其乐融融。

现在，大妹的生活似乎更加勤俭了。她常对我说，趁年轻要多存点钱，将来娶儿媳妇用。她甚至把未来孙子孙女的小衣服都备齐了，其实外甥现在还在上高中，真是勤俭到家了。

"人无远虑，必有近忧"，这是一句老俗谚，也是大妹挂在嘴边的话。为了让家里过得更好，大妹在城里经常打两份工，风里来雨里去，难得休息。兄妹团聚时，我和小妹都得等她，往往要打多次电话催促，好不容易人到了上了桌，拿着大碗几口把饭吃完，转身又去忙了，剩下我们在饭桌上叹气。母亲便说："大妹挣钱辛苦，打小勤俭持家惯了，你让她闲下来她反而不自在……"每当看到大妹在商场帮人卖货时忙碌的身影，我不禁想，当初要是我不去当兵，挣钱让她读中专，现在或许她就不用这么辛苦了。但转念一想，大妹现在过得也挺幸福的，因为勤俭的生活对她来说有一种安全感，有一种对生活的把控感，更是在这物欲横流世界里获得心灵平静的一剂良方。

这就是我勤俭持家的大妹，她身上有太多的东西值得我学习。而我常常自以为是，认为自己当了几年兵，见了点世面，成了公职人员，就有资格指点她的人生了。其实，现在认真想想，我今天的成就何尝不是大妹用勤俭的品行换来的呢？所以，即便时光倒流，我也未必能给予大妹很好的人生指导。相反，大妹勤俭持家的品行、平淡从容的生活态度，让我肃然起敬。

写到这里我在想，无论是曾国藩、范仲淹等名人的勤俭美德，还是大妹的勤俭持家，都在告诉我：勤俭持家无小事，勤俭之光永闪亮！

写给时间

　　提起"时间"二字，有人说时间就是生命，也有人说时间就是金钱，说得都很有道理。在我看来，时间是个无形的魔法师，让一切都处在不断的变化和演进之中。它能让一朵花在春天绽放，然后在秋天凋零；能让一个婴儿逐渐长成一个有思想、有梦想的成年人；能让一座城市从荒凉变得繁华，也能让一段历史从崭新变得古老。时间让我们有机会经历各种各样的事情，感受不同的喜怒哀乐，积累宝贵的人生经验和智慧。

　　时间还具有一种很特别的魔力，那就是让我们学会珍惜。"天可补，海可填，南山可移。日月既往，不可复追。"这是曾国藩家书里的话，也是他对于时光流逝与人生奋斗的深刻洞察。这句话的意思是，苍天尚可修补，大海能填满，南山能移走。但日月已逝，光阴不再，那逝去的时光，再也无法寻回。

　　曾国藩是一个十分珍惜时间的人。比如，在生活习惯上，他坚持早起，几十年如一日从不间断；在工作上，他通过制订计划来明确目标，有条不紊地完成工作。曾国藩要求自己每天制订一个具体的计划，将事务分配到不同的时间段，以保证工作有序进行。他认为，拖延会消耗时间和精力，导致事情积压，最终会造成无法解决的困难。对于一些容易拖延的事情，他采取的措施是立即行动，不给自己留下拖延的机会。他时常告诫部下，在做大事情时要有十足的耐心，而在做小事情时要快速高效。只有专注和高效，才能充分利用时间，达到事半功倍的效果。

曾国藩并非完人，他的一生也无数次陷入内耗，在小小书房里来回踱步，也曾经怀疑自己到底是不是应该放弃。很多事情，并不是很快能想明白，这时曾国藩通过大量的日记，不断地反思、复盘，一步步看透了人生的实相，从而找到解决内耗问题的"钥匙"。

曾国藩不仅自己珍惜时间，也对子女严格要求，教导他们要珍惜时间，勤勉学习。曾国藩鼓励家人珍惜时间的方式主要有三种。一是写信告诫。曾国藩在给儿子的信中时常会告诫他们要珍惜光阴，好好读书，尤其是身处乱世，得以享受宽闲的岁月，实在是很难得的机会，万万不要错过这样的好时光。二是树立榜样。曾国藩一生都不忘读书，他认为读书能够让人增长知识，明白事理。他坚持将读书当作一种兴趣爱好，而不是功利性的工具，以自己的实际行动为家人树立珍惜光阴的榜样。三是制定家规。曾国藩给女眷们制定了严格的家规，如每天必须完成一定的功课，包括做食事、衣事、细工、粗工等，以培养她们的勤劳和节俭，实际上也是为了让她们学会珍惜时间，不虚度光阴。通过这些方式，曾国藩为家人的未来发展奠定了坚实的基础。

曾国藩珍惜时间的故事告诉我们，时间是有限的，我们每一个人都应该珍惜它，利用好它。追溯历史，我们可以发现，历代圣贤无不是合理利用时间的高手。从孔子在川上曰"逝者如斯夫，不舍昼夜"，到庄子在《知北游》中感叹"人生天地之间，若白驹过隙，忽然而已"，再到现代诗人对时间流逝的深深哀悼，无论时代如何变迁，人们对于时间的感慨和敬畏之心从未改变。然而，在现代社会中，我们似乎越来越难以感受到时间的珍贵。科技的发展让我们的生活变得越来越便捷，但也让我们在追求效率的同时，忽略了时间的真正价值。我们习惯于在社交媒体上消磨时光，习惯于在快餐文化中寻求刺激，却往往忘记了时间才是我们生命中最宝贵的财富。

时间是我们生命中的匆匆过客，往往在我们不知不觉中，它便悄然而去，不留下一丝痕迹。如果把时间分成昨天、今天和明天，你会发现时间真是过得太快了。因为昨天已经过去，永远不会再来；今天已经和你在一起，但很快就会过去；明天就要到来，但也会流逝。人生在世，如果不珍惜今天的大好时光，那么明天只会留下哀叹；不充实今天，明天只能出现空白点。时间总是在不停地流转着，容不得你去停留与喘息，唯有紧紧追逐它的脚步，尽心经营属于自己的生命空间，不让时间白白流逝，或疏或密地留下一些自己的声音，才无悔于逝去的时间。

时间也是有弹性的，就像弹簧一样，对于用力拉它的人，可以延长一倍、两倍以至十倍、百倍，利用这段时间创造出更多的价值。对于不用力拉它的人，它会越缩越短，匆匆即逝。

时间又如海绵里的水，只要去挤，总是有的。时间也是最公平合理的，每个人的一天都是二十四个小时，勤劳者能让时间给他留下串串果实，而懒惰者只能让时间给他留下一头白发。

谈起"时间"的话题，我不由得心生感慨！今天是我离开部队十周年的日子，内心更是泛起波澜。回想从部队转业到地方工作的这十年，我似乎一直在忙碌，很少去思考时间究竟去哪儿了。静下心来细想，这十年对于我来说成长大于成功。这十年，我虽没有经历大起大落，但成长的故事仍然值得梳理总结。故事讲的是什么呢？三个字：纪、文、我。

首先说说"纪"字。这些年，我除去正常的休息时间，基本上都在书写一个"纪"字。十年来，经我策划、采写的新闻稿件超过 2000 篇，这个数字与兄弟市州纪检宣传成绩相比还有些差距，但回过头来看，自己也曾努力过，也曾为发表一篇新闻稿而激动兴奋过，过程比结果更重要。总的来说，这两年发稿情况比往年略好一些，成绩的取得得益于全市纪检宣传人的共同努力。回顾往昔，我是沐浴着纪检阳光成长起来的纪检宣传人，一路上领导的关爱、同事的关心、朋友的关注，让我对做纪检宣传工作有了自信。"自信"是个好词，宣传这张成绩单更容易被关注，关注和表扬多了，自己的思想逐渐有些浮躁起来，不知不觉就掉队了，落伍了，同时也滋生出"欲望病"。还好我能够及时调整心态，想想当兵前我是建筑工地上的一个小工，当兵后我从炊事班的故事里找到了一支笔的灵魂，从此丢下菜刀，做起了"刀下留笔"的文学追梦人。想想能够走到现在，对于我这个才气不足的文字"搬运工"来说已经很幸运了，所以从现在起，我要向前看，要更加热爱脚下的天空，做到前途无"亮"，快乐至上；进步有限，追求无限；身在下游，心在上游。

言归正传，聊聊"文"字。喜欢文学好些年了，记得上初中时就喜欢写诗，那时不懂诗道，随意写，写得多，发表的很少，但野心不小。那时很想写一本诗集，名字都想好了，叫《故事开始的地方》。很文艺吧？为什么要写《故事开始的地方》？当时是这样考虑的，随州是个有"始"有"终"的地方，五千年前人文始祖炎帝神农诞生于随，两千四百年前的战国编钟出土于随，钟的谐音为"终"。后来，当兵后觉得写诗吃不开，领导对诗也不"感冒"，于是开始学习公文和新闻写作，这样可以直接为连队服务，再后来认识了青藏线文学大家王宗仁老师和小说家周大新老师等，受其影响，开始接触散文、小说和报告文学，写着写着就爱上这些写起来更自由畅快的体裁，后来出版的几本散文集、报告文学集全是我当兵时所写。对于写作我是很懒惰的，特别是回乡后有了第二个孩子，写作精力不够，离文学的跑道越发远了。说起文学，尤其是我的文学时刻表很有意思，记得当炊事兵时，白天做饭，晚上写作；现在在机关上班，白天写作是主业，晚上做饭，时间上倒过来，但文心还存在着，热度未曾消退。

疫情期间，闲暇时间变多了，于是又重新拾起了中断好些年的文学梦。疫情期间，我利用四个多月的时间完成了散文集《天路彼岸》的创作，后来经过出版社专业编辑老师的指点，书稿越发成熟，希望今年底能够出版，让天路记忆到达文字的彼岸。另外，关于文学创作，去年我突然有了新的计划，那是因为一次在纪委组织的清廉家风建设调研过程中，我发现当地家风故事很感人，这让我在心中有了大胆的想法，我想随州有那么多可歌可泣的优秀家风故事，为何不整理成一本书，让好家风吹进千家万户。有了这个想法后，我迅速向市妇联、市委文明办等相关负责同志汇报，得到大力支持。找到方向后，从2023年7月开始，我拿出了家风故事采访计划，并着手采访。

值得一提的是，这一年的汗水没白流，因为采访确实是件劳神费力的事，平常上班大家都有繁重的工作任务，于是采访的事全部安排在周末，还好有大家的支持，最终成就了《故事里的家风》这部散文集。

最后，聊聊"我"这个字。我自认是个有识无胆的人，胆子小可能是因为过去在农村穷怕了，闯劲不足。爱人经常鼓励我说，其实你还有点小才，只不过胆子小，好多想法最后也只能是想法，这一点我承认，我也在努力改进。写到这里，突然想起一位哲人说的话来，他说："把时间放在床上，成就了体重；把时间放在书上，成就了智慧；把时间放在锻炼上，成就了健康；把时间放在家庭上，成就了亲情。"多么清晰直白的生活逻辑啊！转眼，十年就将成为过去，写下这段文字后，我突然感到对流逝的时间内心不那么伤感了，因为新的十年已经向我招手，新的阳光已经照到了我的后脑勺。

时间啊，真是一个伟大的作者！它给每一个爱它的人都写出了完美的结局。回望即将过去的十年宣传生涯，我庆幸这十年的时间没白过，更期待未来十年更美好的生活！

勤奋的日子会发光

在中华民族的传统美德中，勤奋一直被视为成功的重要基石。曾国藩曾说过一句名言："千古圣贤豪杰，既奸雄欲有立志者，不外乎一个'勤'字。"这句名言的意思是，无论是历史上的圣人、贤人还是英雄，他们成功的关键都在于勤奋。

曾国藩被誉为"千古第一完人"，他的一生充满了传奇色彩，无论是在军事、文化还是家教等方面，都有着卓越的成就，而在这些成就的背后，隐藏着他的人生信条——"勤"，这个简单的字眼却蕴藏着深厚的哲理。

曾国藩修身处世皆以"勤"著称，而其所取得的成就也离不开这个"勤"字。曾国藩读书十分勤奋。道光十六年（1836），曾国藩赴京会试不中，返程途中买回一套印刷精美的"二十三史"，他"侵晨起读，中夜而休，泛览百家，足不出庭户者几一年"。出仕后，曾国藩为政之勤，也让人赞叹。任两江总督时，主要公文曾国藩均自批自拟，奏疏公牍，再三斟酌，无一过当之语、自夸之词。任直隶总督时，他决意清理狱讼，重大案件均亲自审讯，半年之间结案四万多件，多年尘牍为之一清。

曾国藩的勤奋贵在恒久。就拿读书这件事来说，他每天坚持做日课，而且用工楷写日记，一辈子笔耕不辍，留下了两千万字的文字瑰宝。通过做日课，每日与自己对话，思考总结，成就了非凡的一生。

曾国藩不仅自己带头勤奋敬业，还要求身边人勤奋努力。李鸿章是曾国藩最得意的学生，但他年轻时有睡懒觉的习惯，只要白天工作时间稍晚点，第二天早上就不愿意起床，曾国藩认为这样下去学生会成为废人，于是在组建湘军的时候他定下一个规矩：所有的将领每天早上起床之后要在一块儿吃早饭，顺便商量一下当天的工作安排。可是规矩定下来之后，李鸿章经常找借口破坏规矩，依旧睡他的懒觉。

曾国藩下定决心要帮李鸿章戒掉睡懒觉的毛病。他当即下令：李鸿章如果不来，大家就一块儿等着他，他什么时候来，大家就什么时候吃早饭，并且让手下去告知李鸿章。手下走到李鸿章的门前说："李大人，曾大帅可说了请您吃早饭去呢。"李鸿章听后顿时知道了事情的严重性，立即从床上爬起来，穿好衣服立刻赶到现场。

曾国藩见李鸿章来了，一句话也不说，端起碗来开始吃饭，其他人见状也跟着吃饭，全场一片寂静。自此之后，李鸿章再也没睡过懒觉，而且在晚年的时候还常对人说老师曾国藩是如何帮他戒掉懒惰的。李鸿章后来能取得巨大成就，可以说和曾国藩帮他把惰性戒掉有很大的关系。

再观现今社会，勤奋仍然是成功的不二法门，就拿我的写作这件事来说，勤奋远比天分更重要。记得刚开始写作时，我总急于求成，急着把作品快速发表出来，一篇文章匆匆忙忙写完，匆匆忙忙投到编辑邮箱，结果每次都是石沉大海。屡屡受挫后，我去请教一位德高望重的文学老师，并告诉他我曾经写了很多文章，也向多家文学刊物投稿都未中。老师让我把纸质稿件拿给他看，在仔细阅读了我写的几篇散文后对我说："小黄，你虽然很有文学天赋，也坚持写作，但太过于急躁了，文章有些地方还不太严谨。文章是辛勤改出来的，建议你静下心来先好好改一篇文章……"老师不仅指出了我文章里的不足之处，还细心给我讲授了修改文章的方法。按照老师的指点，我认真修改了一篇三千多字的散文，再次投到当时那家杂志社，不久就发表了。后来，我要求自己投稿前必须对文章反复推敲，认真修改。就这样，我投稿命中率不断提高，增强了写作的信心。修改文章这件事让我明白一个道理：只有勤耕细作，才能收获成功。

　　说起"勤奋"的话题，我突然想起表哥的成长故事来。表哥出生在一个富裕的商人家庭，大学毕业后他不想出去找工作，姑父姑妈就随性让他在家先休息，等有合适的事情了再做打算。大概半年时间，表哥整天躺在床上玩手机，"宅"在家里的时间久了，表哥对外面的世界失去了兴趣。后来姑妈怕他待在家里时间久了精神会越来越颓废，便请了一位拍摄短视频的高手教他拍短视频，经过高手的指点，表哥爱上了拍短视频，脚步也不自觉地延伸到了户外。俗话说，"兴趣是最好的老师"，在拍短视频的过程中，表哥变得越来越勤快，心态也越来越阳光。后来，拍短视频成就了他的事业。今年初，他用拍短视频赚来的钱和姑父姑妈给的赞助款开了一家文化传媒公司，公司在他的勤奋努力下效益越来越好，他对自己的未来充满了信心！

　　勤奋让人生更美好，努力让生命更精彩，勤奋的日子终会发光！表哥的成长故事让我明白一个道理：勤奋是生命的密码，也是一个人成功的前提。当一个人踏上成功之路时，他流下的每一滴汗水，都是智慧的结晶。

勤俭与谦卑

　　"门第太甚，余教儿女辈，惟以勤、俭、谦三字为主。"这是晚清第一名臣曾国藩在同治三年（1864）八月初四写给四弟信中的一句话。曾国藩写这封信的目的是告诉家人，由于家门显赫，更应该教育儿女以勤、俭、谦为主。可以说，这三个字也是曾国藩治家思想的精髓，值得现代家庭学习借鉴。

"勤"字兴家

　　人活着就要学会过日子，过日子就要学会勤俭持家。"一家之中，勤则兴，懒则败。"这是曾国藩告诫后世子孙的话。对于一个家庭来说，勤劳就会兴旺昌盛，懒惰则会导致衰败，这是永恒不变的规律。曾国藩在书信中常要求家人保持耕读传家、勤俭持家的传统，如"戒懒莫如早起"。他认为"子侄除读书外，教之扫屋、抹桌凳、收粪、锄草，是极好之事，切不可以为有损架子而不为也"，"家中养鱼、养猪、种竹、种蔬四事，皆不可疏。一则上接祖父以来相承之家风，二则望其外有一种生气，登其庭有一种旺气"。在曾国藩家书里，我们轻易就能读到"勤奋""勤劳""勤勉"这些字眼，可以说这是曾国藩个人进步、家庭兴旺、事业发展的根本保证。

　　曾国藩教育家人勤俭的家书不仅体现了他个人的品质和修养，更展现了他对家族兴衰的深刻洞察和远见卓识。这些家书不仅在当时对曾氏家族产生了深远的影响，也给今天的我们以深刻启示。勤俭持家的品质于我而言是有榜样可学的，这个榜样就是我的爷爷。爷爷一辈子住在宁静的小村庄，过着日出而作日入而息的生活。爷爷依靠十几亩农田养育了一家老小七口人。

　　爷爷的家并不算富裕，但他用一双巧手和勤劳把家里打理得井井有条。记忆中，爷爷总是天未亮便起床，开始了一天的劳作。寒来暑往，他总是辛勤地耕耘着脚下的田地。农闲时节，爷爷也从不休息，他会聚精会神地修理家里被损坏的物件，或检修房屋上的瓦片，以保证雨天家里不会漏雨，有时他还会琢磨着做几个像样的木质箱子，用来装换洗的衣服。

　　在吃的方面，爷爷是极其节俭的。他总是把家里的饭菜做得简单而营养，从不浪费一粒粮食，他会把剩余的米饭，拿来做香甜可口的酒糟。有时候，家里来了客人，爷爷也会拿出最好的食材来招待，即便是这样，他也会精心计算，确保不会超出预算。在节衣缩食的年代，为了让一家老小不挨饿，爷爷从不浪费一片菜叶子、一颗豆粒，在产菜的季节，爷爷便开始晾晒干菜、腌制霉酱豆等，以防遇到灾年。记得有一次，村里发了洪水，很多家庭都受到了损失。但爷爷凭借着自己的勤劳和智慧，提前采取措施，家里吃饭并没有受到太大的影响。爷爷还主动拿出储备的食物帮助其他受灾的家庭，一起渡过难关。分田到户后，爷爷更加注重勤俭持家，他一边养猪、养鸡、养鸭等，一边转乡卖香油，让家里的光景越来越好。后来，尽管家里有了些结余的钱，但爷爷从来不乱花，每一分钱都尽量用在刀刃上。正是爷爷的勤俭持家让儿女们都有机会接受初高中文化教育，这也让黄家后来不断兴盛起来。

"俭"字持家

中华民族自古崇尚节俭，视节俭节约为美德善行，视铺张浪费为败德丑行。《说文解字》云，"俭，约也"，"去奢崇约谓之俭"，强调的就是节俭的重要性。

曾国藩一直坚持以"俭"持家，不允许自己及家人奢靡享乐。他自己的日常饮食，总以一荤为主，非客到，不增一荤。其穿戴更是简朴，一件青缎马褂一穿就是三十年。他不准子女积钱买田，衣勿华美。对子女的婚姻，他认为对方的品德为上，联姻"不必定富室名门"。曾国藩深刻认识到："仕宦之家，不蓄积银钱，使子弟自觉一无可恃，一日不勤，则将有饥寒之患，则子弟渐渐勤劳，知谋所以自立也矣。"

曾国藩除了在衣着、饮食上注重节俭外，还特别注重家庭建设上的节俭。比如，曾国藩对于居住环境的要求不是很高，他更注重的是节俭和实用。同治六年（1867），家人修理旧屋花费了七千串钱，为此他深感不安，认为即使是新建一座房屋，也不应该花费这么多钱。他一生都以大官之家买田起居为可愧之事。曾国藩不仅要求家人节俭，更以身作则，严于律己。他在京城为官时，见到世家子弟奢侈腐化、挥霍无度，便坚决不让子女来京。再如，曾国藩在理财方面也非常节俭和谨慎。他担任两江总督期间，掌管着当时最富庶的江浙地区，但他从不贪污受贿，对所有的财政收支都做了详细的记录。他亲自落账入库每一笔捐来的军饷，支出时也有严格的手续和记录。这种账目清晰的理财方式，不仅体现了他对节俭的坚持，也展示了他作为一位高官的清廉和自律。这种节俭自律的精神不仅为他个人赢得了声誉和尊重，也为家人和后代树立了榜样和典范。

忆古思今，令人警醒的是，在物质生活越来越丰富的今天，很多人养成了铺张浪费的坏习惯，如有钱的人大讲排场，甚至有些中学生花钱大手大脚，等等。要知道，铺张浪费是一种陋习，是一种难以遏制的贪欲，贪欲不遏必将自毁人生。我们要自觉摒弃心中的贪欲，提倡勤俭节约，反对铺张浪费。只有这样，我们才能收获一个健康而完美的人生。

"谦"字和家

在这个世界，我们常常被教导要追求成功、崇尚自信，却往往忽视了另一种更为深沉而持久的品质——谦卑。谦卑，是一种为人处世的学问，更是一种人生涵养的境界，只有懂得谦卑的人，在人生的旅途上才会畅通无阻。

曾国藩就是一个极其谦卑的人。他有句座右铭："常谦卑，少自傲；话少说，事多做。"他把这句话写在自己的书案上，每天提醒自己做人做事要保持谦卑低调。曾国藩在十年内连升十级，可谓官运亨通。但他并没有因事业平步青云而得意忘形，仍然低调谦和。

曾国藩被升为正三品官员后，按当时的制度，他所乘坐的轿子可以由蓝色换成绿色，并且可以增加护轿人和引路官。但乃至升了二品大员，可以坐八抬大轿时，他依然乘坐着蓝呢轿。当时有这样的规矩：蓝呢轿在路上和绿呢轿遇上了，必须让行，否则对方是可以揍你的。曾国藩有次依旧坐着蓝呢轿出门，在路上遇到一个绿呢轿，虽然给对方让路了，但因为路太窄，绿呢轿过不去。结果，绿呢轿的轿夫急眼了，径直冲过来，二话不说就扇了轿子里的曾国藩两个巴掌。

尴尬的事来了，那轿夫的主家一看被打的人竟然是内阁大臣曾国藩，比自己的官职还高，当场下跪道歉。曾国藩并没有当众责罚这位官员，为自己找回颜面，而是扶起对方，让他抓紧时间赶路，没有和他计较。

懂得谦卑的人，才能越走越远，越来越高贵。纵观历史不难发现，古代家庭尤其重视谦虚美德的培养，并认为这是自然而然的事情，是君子的本分。宋代杰出的政治家、史学家、文学家司马光堪称谦虚家庭的典范。司马光虽出身于显赫的司马家族，但他从不张扬自己的身世。司马光在7岁时便能手不释卷，听到《左氏春秋》便深爱不已。他从小俭朴，不喜奢华，即便在喜宴上也坚持不戴花，展现出一种超脱世俗的谦逊态度。

司马光在教育子女方面更是注重谦虚美德的传承。他专门写了《训俭示康》一文，告诫儿子司马康要节俭朴素，不要以奢靡为荣。他强调"由俭入奢易，由奢入俭难"，认为节俭是美德，有道德的人不应以节俭相互讥讽。他还提出"俭则寡欲，君子寡欲则不役于物，可以直道而行"，即节俭可以减少欲望，使君子不受外物驱使，能够秉持正道而行。这种以俭养廉的理论，不仅在当时具有现实意义，也为后世树立了榜样。

司马光的家风建设不仅体现在对子女的教育上，更体现在他自身的言谈举止中。他以身作则，用自己的行动诠释了谦虚、俭朴的价值观。他的这种家风不仅影响了自己的子女和后代，也对当时的社会风气产生了积极的影响。可以说，司马家族是古代最突出的谦虚家族之一。他们不仅拥有显赫的地位和才华，更以谦虚、俭朴的家风赢得了后世的敬仰和赞誉。

俗话说："谦虚使人进步，骄傲使人落后。"我认为，现代家庭要善于从历代先贤谦虚教育中汲取智慧力量，努力营造充满谦逊、尊重和理解的家庭氛围。现代家庭的父母要以身作则，严格自律，积极帮助孩子形成谦卑的品格和优秀的品质。

人生"三戒"

"家败离不得个奢字，人败离不得个逸字，讨人嫌离不得个骄字。"这是曾国藩的家训名言。这句名言的意思是，家庭衰败源于奢侈浪费，人生的失败缘于安逸享乐，而为人太过骄傲自满则会让人嫌弃讨厌。曾国藩时常用这三句话来警醒自己并训诫后辈。

仔细思量，曾国藩家训名言中的"奢""逸""骄"这三个字虽不深奥，却深刻地警示我们，在现实生活中一定要戒"奢"、戒"逸"、戒"骄"，只有这样，才能让人生之路走得更坚实，让家庭更幸福美满。

第一，戒"奢"。纵观中国几千年发展历史，凡是贤明的国家，成功皆缘于勤俭，衰败则起于奢华。如尧帝用瓦罐吃饭喝水，全天下人都崇敬他。尧传位给舜，此时的舜开始注重生活的质量，于是用精致的木碗饮食，致使十三个部落的百姓不服从他的命令。而到了禹，他就更加奢侈了，他专门制作了各种精美华丽的生活用品，结果有三十三个部落百姓不服从他的命令。就这样，以后的君王一个比一个奢侈浪费，最终导致了灭亡。

俗话说："成由勤俭败由奢。"帝王如此，一个家庭也是如此。一个再富裕的家庭，也经不起奢侈无度生活。晚清时期，许多原本富裕的八旗子弟在清王朝灭亡后，由于过惯了锦衣玉食的生活，不愿努力，继续挥霍老祖宗的基业，最终家衰人亡。例如郑亲王昭煦，在失去王府的收入后，变卖古董、字画甚至祖坟上的树木和砖瓦，最终只能拉黄包车艰难度日，最后在饥寒交迫中离世。西晋时期，有个富商叫石崇，他的家产十分厚实，但他以生活奢靡著称，最终家破人亡。历朝历代因奢侈导致悲惨下场的例子还有很多，至今想来仍然值得深思。

奢侈的克星就是节俭。诗人李商隐曾有诗曰："历览前贤国与家，成由勤俭破由奢。"历史之河，浩浩荡荡，古人富贵皆归结于"勤俭"之道；而一个富豪氏族的没落，则缘于一个"奢"字。《朱子家训》中说："一粥一饭，当思来处不易；半丝半缕，恒念物力维艰。"告诫人们厉行节俭，珍惜来之不易的物质生活。诸葛亮在《诫子书》中说："静以修身，俭以养德。"依靠内心安静修养身心，依靠俭朴的作风培养高尚的品德。这些名言警句至今仍然值得铭记，更需要我们转化为勤俭持家的自觉行动。

第二，戒"逸"。"沉于乐者洽于忧，厚于味者薄于行，慢于朝者缓于政，害于国家者危于社稷。"这段话出自《管子·中匡》。大致意思是说，沉湎于安乐的人必定会沉落在忧患之中，喜食厚味的人德行淡薄，怠慢朝政的人拖沓，有害于国家的人危害社稷。写到这里，我想起被奢靡生活毁灭的南宋开国皇帝宋高宗。北宋末年，金兵南下，北宋都城汴京（今河南开封）

被攻破，宋徽宗、宋钦宗被俘，北宋灭亡。宋高宗赵构在南宋建立后，带领群臣南渡，逃避金兵追击。经过一系列迁徙和商议，宋高宗最终决定在临安（今浙江杭州）定都，并将杭州升为临安府。这一决定标志着南宋政权的正式确立和稳定。临安城作为国都后，迅速发展成为南宋的政治、经济、文化中心。据史料记载，当时临安城人口稠密，经济繁荣，商业活动频繁，文化昌盛。临安城的建筑风格和奢靡之风也深受北宋都城汴京的影响，形成了独特的南宋文化。宋高宗在临安城过着奢华的生活，他贪图安逸，不思进取，沉迷于享乐之中。他修建了豪华的宫殿和园林，享受美食和音乐，对朝政则敷衍了事。

由于宋高宗生活奢侈和对军事事务的忽视，南宋的军事力量逐渐被削弱。他重用奸臣秦桧等人，排挤忠臣良将，导致南宋在与金朝的对抗中处于劣势。南宋在与金朝的战争中多次失败，领土不断丧失。宋高宗为了求和，甚至不惜割地赔款，严重损害了国家利益。宋高宗的生活奢侈也影响了南宋的社会风气。官员们争相效仿皇帝，贪污腐败现象严重。最终，南宋走向了衰败。

长久以来，中国人对于安逸的认识从未改变："生于忧患，死于安乐""忧劳可以兴国，逸豫可以亡身"……无论是古代的经书还是史书都警示我们：追求安逸使人堕落。对于一个人来说，导致失败的原因往往就是安逸享乐。如果一个人沉迷于舒适和享乐之中，便会失去奋斗和进取的动力，那么他就很难取得成功。这里我所说的不追求享乐并不是让人永远当"苦行僧"，而是要始终保持奋进姿态，做生活的强者、智者。人生如溪，一路总有磕绊曲折，在顺利的时候，可以安逸下来好好欣赏沿途的风景，但要审时度势，时刻准备面对下一段坎坷，才不至于在突然面对大起大落时措手不及，从而跌入谷底，一蹶不振。因此，保持勤劳和奋斗的精神是个人成长和成功的重要保障。

第三，戒"骄"。心学宗师王阳明曾教育自己的孩子说："今人病痛，大段只是傲。千罪百恶，皆从傲上来。"可见，骄傲使人迷失，谦虚让人进步。北宋时期，有一个天资聪颖的孩子，名叫方仲永，5岁就能作诗。然而，他的父亲因为儿子的天赋而自傲，不让方仲永继续学习，而是带着他四处拜访同县的人，赚取钱财和礼物。最终，方仲永的天赋被耗尽，成了一个普通人，家庭也因此失去了一个可能带来荣耀和财富的机会。

是的，人一旦有了骄傲的心，必然会在各个方面放松警惕，祸乱、失败也必然接踵而至。傲是自取灭亡之道，所以古人说骄兵必败。《论语》中说："君子泰而不骄，小人骄而不泰。"所谓"君子泰而不骄"，就是一个人胸有大志，心有定力，他可以泰然自若，却没有一种骄矜之气。而小人是什么样的人？就是张扬、傲慢，处处表现出骄傲，甚至处处攻击别人的人。试想，一个人如果稍微有点本事就飘飘然起来，那么他怎能与周围的人建立良好的关系呢？他怎能赢得他人的尊重和信任呢？毕竟不懂得尊重他人的人也必然得不到他人的尊重。因此，保持谦逊和低调的态度是赢得他人好感的关键。

写到这里我在想，一个人只有心中有戒，才能行有所止，因为贪婪是人性的敌人，人生"三戒"需牢记，戒贪方可制敌，克欲方能度己。

不问收获，但问耕耘

"不为圣贤，便为禽兽；莫问收获，但问耕耘。"这是曾国藩的座右铭，也是他对努力与付出的深刻理解。这句话告诉我们，做一件事不要太在意结果，而应关注过程中的积累和成长，无论结果如何都应全力以赴，不懈耕耘。

事实上，据考证，这句话并非曾国藩首创，而是清代理学大家、太常寺卿唐鉴送给曾文正公的名言。道光二十一年（1841），唐鉴将自己所著《畿辅水利备览》及亲笔楷书条幅"不为圣贤，则为禽兽；只问耕耘，不问收获。善化唐鉴"赠予曾国藩。曾国藩对此联极为推崇，并将此联挂于居室。咸丰元年七月十二日，此时的曾国藩已为礼部右侍郎，是朝廷的二品大员了，却一如既往地对自己严格要求，并在日记中略加改动，便有了"不为圣贤，便为禽兽；莫问收获，但问耕耘"的千古名句。

此联表明的是曾国藩破釜沉舟的坚决态度，不流于俗的雄心壮志。"天下事，有所激有所逼而成者居其半。"只有做圣贤一条路可走，否则便堕落为禽兽。1840年，29岁的曾国藩因烟瘾太大，导致精神恍惚后，突然醒悟，立下"不为圣贤，便为禽兽"的毒誓。既然想成为圣人，就必须革除吸烟的坏习惯。当第一次戒烟时，曾国藩咬紧牙关，把烟袋摔碎了。然而，由于他抽水烟，烟瘾很强，根本无法控制自己，又买了一个烟袋。就这样，曾国藩第一次戒烟失败了。

后来，他决定再次戒烟。这一次，戒烟效果很好。曾国藩在家坚决不抽烟。然而，当他出去看到别人在抽烟时，他的喉咙发痒。当别人敬他烟时，他忍不住抽了几口，他自称为"盛情难却"。所以他第二次戒烟也失败了。

1842 年，曾国藩开始第三次戒烟，当时他深刻反思自己想戒烟但总是失败的原因。于是，他下定决心戒烟，砸了烟袋，烧了烟，再也不抽烟了。如果再抽烟，他愿意受到神的惩罚。这一次，曾国藩戒烟成功，直到他去世都没抽烟。这件事给了曾国藩很大的信心，使他迅速改掉了许多坏习惯，向圣贤看齐，最终成为晚清的名臣。

"莫问收获，但问耕耘。"这句话可以说是曾国藩从草根逆袭为晚清重臣的关键。比如，在仕途上，曾国藩多次参加科举考试都未能成功，但他并没有放弃，而是坚持不懈地努力，通过不断反思和改进学习方法，最终在科举考试中取得了优异的成绩。在求学上，他每日坚持写楷书日记、读史书、记录茶余偶谈，通过长期的积累和不懈的努力，最终成为学富五车之人。在组建湘军时，他亲自选拔和训练士兵，制定严格的军纪和战术，通过长期的耕耘和努力，湘军逐渐壮大并具备了强大的战斗力。在湘军与太平军的作战中，曾国藩面临重重困难，但他从不计较个人得失，而是专注于如何克服困难、取得胜利，最终击败了太平军，成功平定了太平天国运动。

提起曾国藩"不为圣贤，便为禽兽；莫问收获，但问耕耘"这句名言，我想起一个久远的故事。相传，过去有一个禅师，突然有一天他大彻大悟了，他的徒弟就问他："师父！听说您开悟了，您能不能给我讲讲您开悟前和开悟后有什么区别？"师父笑呵呵地对徒弟说："没啥区别，开悟以前是砍柴吃饭，开悟后也是砍柴吃饭。"徒弟听后满脸不屑地说："这叫什么开悟啊！"师父看懂了徒弟的表情，于是又补了句话说："我开悟以前砍柴的时候总想着吃饭，吃饭的时候总想着砍柴；开悟后砍柴的时候就只想着砍柴，吃饭的时候就只想着吃饭。"这个故事告诉我们，每个人要认真地活在当下，踏实地做好当前的事，不要因过去而迷惘，也不要因未来而恐慌。

反观现今社会，有不少人被患得患失的心理枷锁束缚着。他们认为自己为某件事付出了努力，就要马上得到想要的结果，一旦达不到预期便对未来失去信心，甚至陷入痛苦绝望。就拿家庭教育这件事来说，不少家长焦虑的原因主要是对孩子期望过高，他们希望自己在孩子身上投入的精力和财力马上能够得到回报。这里和大家分享一个揠苗助长的反面故事。随南城区有一个叫成成的小男孩，他的父母非常注重对他的教育。成成刚上小学一年级时，他的父母就给他报了很多课外辅导班，希望他能提前学习更多的知识，将来出类拔萃。每天放学后，成成都要去上各种辅导班，从数学、作文、英语到绘画、音乐，几乎填满了他的所有课余时间。成成的父母认为，只有这样，成成才能赢在起跑线上，成为令人羡慕的孩子。然而，成成却感到越来越累，他对学习逐渐失去了兴趣，甚至产生了厌恶感。原本应该是释放孩子天性的年纪，他却被迫坐在教室里，面对着枯燥无味的课本和习题。他的成绩并没有因为上了大量的辅导班而显著提高，反而因为过度疲劳和缺乏兴趣而出现了下滑。更加糟糕的是，成成的身体经常发出"警报"，总是隔三岔五地感冒发高烧。这时，成成的父母开始意识到问题的严重性，他们发现成成变得沉默寡言，不再像以前那样活泼可爱。他们开始反思自己的教育方式，是否急功近利，是否忽略了成成的身心健康和兴趣发展。

经过深刻反思，成成的父母决定给孩子减负，让他有更多的时间去玩耍，回到大自然的怀抱探索自然知识。他们取消了大部分的辅导班，只保留了成成真正感兴趣的音乐课程。成成终于有了自己的时间和空间，他开始重新找回对学习的热情，成绩也逐渐提升。有了更多时间参与体育锻炼，成成的身体也逐渐恢复健康，生龙活虎的成成回来了。这个故事告诉我们，教育孩子不能急于求成，不能盲目追求分数和名次。每个孩子都有自己的成长节奏和兴趣爱好，我们应该尊重他们的选择，给予他们足够的支持和鼓励。揠苗助长只会让孩子失去对学习的兴趣和热情，甚至对他们的身心健康造成不良影响。作为家长，应该以"莫问收获，但问耕耘"的良好心态去教育引导孩子，让他们在自己的节奏中快乐成长。

写到这里我在想，"不为圣贤，便为禽兽；莫问收获，但问耕耘"不仅是曾国藩个人成功的秘诀，也是他对后人的谆谆教诲。它将继续引导我们在努力的过程中保持专注和耐心，不断积累和提升自己，相信只要耕耘到位，收获是水到渠成的事。

后记
不是后记的后记
——关于曾国藩家风家训所思所想

于我而言，写书是一件非常神圣的事情。尽管写书的过程充满艰辛，但经过一段时间的刻苦努力，当看着一本书成形的时候，我突然觉得一切的付出都是值得的。当自己写的书被读者喜欢、认可时，那种喜悦和成就感真的是无法言喻的，这会激励我更加努力地提升自己，继续创作出更好的作品。

写书亦是成长。这是我首次应中国文史出版社之约为曾国藩这样重量级的古代名人家风写一部书，自然是一件更为神圣的事情了。从接到任务的那一天起，我就在内心告诉自己绝不能马虎。从起草本书提纲、书目到完成初稿、校对等多个环节，我都严格力求完美，不留遗憾。

曾国藩是中国近代风云人物，被誉为"晚清第一名臣"，是修身齐家治国的"千古一完人"。曾氏家族是历史上数得着的侯门望族，曾国藩五兄弟的后人已经绵延至第八代，有突出成就的多达240多人，由此可见曾国藩家风家训影响之大。面对如此厚重的选题，如何破题？我决心从阅读开始，近半年来我认真重读了曾国藩家风故事、家训名言等，在阅读的基础上再进行深刻反思。在写作时，我尽量结合曾国藩的家风故事和家训名言，反思现代家庭所面临的突出问题，这些问题就是我对曾国藩家风家训的所思所想，我想把这些感悟以身边小故事的形式进行辨析，于是我在写作中找到了曾国藩家风家训与现代家庭教育的结合点，并怀着对优秀家风文化的虔诚之心开启了与曾国藩家风的对话。

如果说家风是一面镜子，那么曾国藩家风这面镜子应该经常拿出来照一照。在写《曾国藩家风家训》这部书时，我写着写着就会突然被曾国藩家风里某个故事情节或一句家训名言深深触动。比如，当看到曾国藩孝悌和家的故事，我明白了家的温暖和重要性。当读到曾国藩写给父母、弟弟那一封封情意绵绵的家书时，我的心里突然涌起了一股暖流，我仿佛真的看到了那个场景，感受到了那份深深的亲情。那一刻，我停下了手中的笔，感动的泪水在眼眶里打转。我深深地吸了一口气，然后继续写下去。我知道，这份感动不仅属于我，也属于每一个读到这些故事的人。与之相反的是，现代家庭成员关系在平静表象下隐藏着不少危机。比如，家庭成员之间为琐事争吵不休，原本深爱的夫妻在复杂多变的社会环境下同床异梦，曾经黏在一起的兄妹在物欲横流面前渐行渐远……面对诸多现实家庭教育问题，我深感学习曾国藩家风家训的重要性和必要性。当现代家庭出现各种问题时，不妨对照曾国藩家风家训揽镜自照，相信你会从中得到深深的启示，我想这便是我解读曾国藩家风家训的动力之源，希望我的解读会对各位读者解开家庭教育困惑提供帮助。

如果说家风是一部书，那么这部书应该经常拿出来看一看。曾国藩家风家训涵盖了读书育人、尊老爱幼、勤奋节俭、谦虚谨慎、忠诚正直、以身作则等中华优良传统美德。这些家风家训不仅体现了曾国藩个人的品德修养，也为其家族后代的成长和发展奠定了坚实的基础。在这部书里，第一辑是"孝悌和家"，写这一辑的目的是想告诉读者，当今社会虽然家庭结构和社会环境发生了很大的变化，但重孝守悌仍然具有非常重要的意义，只有保持亲情和家庭关系的稳定与和谐，才能使人们在日常生活中保持积极健康的心态，以相互取暖的家族亲情战胜生活中的一切困难，以最优状态共同推进和谐社会向纵深发展。第二辑是"修身齐家"，主要以曾国藩家风故事为背景，以大量的事例讲述身边修身齐家的故事，目的就是想和读者分享这么一个道理：在现代生活中，诚信依然是我们建立良好人际关系的重要品质，通过保持诚实守信的态度，我们可以赢得他人的信任和尊重，从而建立更加稳固和长久的人际关系，而这种良好的人际关系会让我们的家庭更幸福，未来更美好。第三辑是"耕读传家"，写这一辑的目的是告诉读者，耕读之家能维持长久。第四辑是"勤俭持家"，写这一辑的目的是继续倡导勤劳、节俭精神。曾国藩强调"天道酬勤"，认为只有通过不懈的努力和勤奋的工作才能取得成功。当今社会，虽然物质条件相对丰富，但节俭依然是一种美德。通过合理消费、避免浪费，我们可以更好地管理自己的财务，提高生活品质。同时，节俭也有助于培养我们的自律意识和责任感。

如果说家训是一根标杆，那么曾国藩家训这根标杆应该经常拿出来量一量。家训是一个家庭或家族代代相传的规矩或家法，是家庭或家族成员共同遵守的行为规范，它潜移默化地影响着家庭成员的性格形成、价值观念以及行为习惯。良好的家风家训像太阳，走到哪里照亮哪里，会不断给社会传递积极的正能量。我想，学习曾国藩家风家训的原因就在于它是中国家风家训的典范标杆。比如，曾国藩的家风家训强调真诚、勤奋、谦虚等品质，这些品质对于个人成长至关重要。通过学习，我们可以不断提升自己的品德修养，成为更加优秀的人；曾国藩的家风家训强调尊重长辈、孝敬父母等家庭伦理观念，有助于营造和谐的家庭氛围。同时，曾国藩的家风家训中还蕴含着丰富的中华优秀传统文化元素，如《易经》《诗经》《史记》等经典著作的智慧，通过学习，我们可以更好地传承和弘扬中华优秀传统文化。

书短意长，家风永恒。曾国藩家风家训是中国优秀家风文化的富矿，永远也挖不完写不尽，但愿以后还有机会就曾国藩家风家训进行交流分享，那自然是下一部书啦！最后，在此书出版之际，由衷感谢中国文史出版社著名编辑张春霞老师，没有她的鼎力推荐，就没有《读懂曾国藩家风家训》这部书。当然，还要感谢为本书接受采访的家风故事先进典型，以及散落在报刊、网站、书籍中的编撰者，是大家的支持与鼓励，让我有勇气将曾国藩家风家训这么宏大的主题化作一行行文字，呈现给广大读者。

　　最后，愿《读懂曾国藩家风家训》这部书能够给平凡的家庭带来丝丝温暖！更希望更多的家庭能从书中得到启发，最终找到解决家庭问题的"金钥匙"，这将是我莫大的荣幸！